虐殺ソングブックremix

中原昌也ほか

河出書房新社

CONTENTS

I

REMIX EDITION

ORIGINAL VERSION

Design: Akinobu maeda, Katsuyoshi mawatari
Art work: Kousuke kawamura
(Mari & Fifi's Massacre Songbook Re-ILL-mix)

虐殺ソングブックremix

REMIX EDITION

I

待望の短篇は忘却の彼方に

（町田康 tabure remix）

冬になってくるといくら日射しがあっても寒い。そりゃあ日なたにいると暖かいがいつも日の当たるところに居られるとは限らない。日の当たらないところ＝日かげ、に居なければならないことも多い。というか自分なんぞはいつも日かげばかり歩いているような心持ちがする。

だから厚手の、できればカシミヤのコートがあるとよいのだが俺はそれを持っていない。俺が持っているのは薄手のジャンパー。それもビニールの。だからいつも寒さに震えている。機会があれば是非とも厚手のコートを手に入れたい。でもそのためには金が要る。その金がない。だから薄手のビニールのジャンパーでいつも寒さに震えている。

けれどもいつまでも寒さに震えているものではない。植木と鉢が売れれば俺はコートやそれ以外のものを買い、首の周りが伸びてしまったティーシャツとビニールジャンパーで寒さに震え、その日の食にも事欠くような生活から脱却できる。

　しかし考えてみればあれは僥倖（ぎょうこう）だった。だいたいにおいて俺は高校を卒業してから博奕のようなことをして日を暮らしてきた。でもそのためにはかなりの集中力が必要で、元気なうちはよいがそういつまでもそんな生活を続けられるものではない。なので適当なタイミングで足を洗いたい、なにかよい仕事はないものか。そう思いながら歩いていた倉庫街で俺はあれにぶちあたったのだ。

　まったくもってすごかった。その倉庫には鍵がかかっておらず、また監視カメラやその他一切の警備装置がなく、また周囲にも人気がなかったため、なかのものを自在に持ち出すことができた。そしてなかには大量の植木と鉢があった。俺は知り合いから借りたトラックでこれらをとりあえず自宅に運び、そしてその後、これを植木と鉢をセットで販売することを思いついた。元手がかかっていないので売上はすべて利益である。こんなぼろい儲け仕事がそうあるものではない。

　俺のティーシャツはそのとき洗いたてで柔軟剤の香りがした。俺はこれを僥倖の香りと心得ていた。そんなことを思うこと自体、俺が尋常の身の上でないことを証し立てているのかも知れないが。

そんなことがあって俺は自宅から競技場近くまで植木と鉢を載せた台車を押していった。あたりに原因のわからない悪臭が立ちこめていた。けれども休日であった。けれども陽光が煌めいて眩しかった。競技大会があるのか。人通りが比較的多かった。応援なのだろうか。きちがいぢみた雄叫びが一定の間隔で響いていた。

俺は一軒の洋服屋の前で台車を止めた。婦人ものを置く洋服屋だった。日除けがあり飾り窓があった。飾り窓にはマネキンが並べてあった。マネキンには野暮ったいスーツやワンピースが着せてあった。どのマネキンも普通より大きいように感じた。俺が疲れているから、寒さに震えているからそう感じるのだろうか。俺が必要としている男物のコートはここにはない。

だからこそ、ここで買って貰おう、と俺は思った。ぜひともここに売ろう、と。

そこで俺は台車から数種類の鉢植え（俺はこれを既にセットにしていた）を下ろし、店先に並べた。そうしたところ店のなかからティーシャツを着た若い女が出てきて、なにか愛想のようなことを言った。女は美しかった。そのティーシャツには二万年前の人間が描いた動物の絵が印刷してあった。それは女の胸の膨らみによって歪であった。俺は性的に圧倒されるように感じた。それはよろこばしいものだった。俺は女に触れ、女を知りたい、と思った。

愛想のようなことを言いながら女は、折角だが植木の代金は払えない、とかなんとか言った。俺は返す言葉が見つからず、暫くの間、黙ってしまった。本来であれば商人として、そんなこと言わないで買ってくださいよとかなんとか言うべきなのだろうが、女の好意と尊敬を得たい俺はそのように遜る(へりくだる)ことができなかった。だから黙った。だけれどもいつまで黙っていても仕方ないので、できるだけ淡々として見えるように注意しつつ鉢植えを台車に戻した。

そうしたところ女がなにかねぎらいのような言葉を口にした。そして、あなた煙草を吸いません?と言い、口を開けた箱を俺に向けて差し出した。俺は三本を抜き取り、一本を口にくわえ、二本をビニールジャンパーの隠しにしまった。俺はビニールジャンパーを二着持っていた。一着は褐。一着は紫。俺はこのとき紫を着ていた。というか大抵は紫を着ていた。女は俺のそんな服装をどう思っただろうか。俺は厚手のコートが欲しいとまた思った。でも女はティーシャツ姿だ。その女は俺の顔を気遣わしげに見て、自分が代金を持ってないから心を害したのか。みたいなことを問うた。俺は、自分は昨日から食事をとっておらず栄養不足で疲弊しているのであり貴女のせいではない、といった風に答え、そして本当に疲れたように感じて、その場にしゃがみ込んだ。

そうだったんですね。ほんと不況ってイヤだわ。そう言うと女もまたしゃがんで、俺と女は並んでしゃがんだ恰好になった。女は俺にひたと身を寄せた。だから俺と女は傍目には恋人に見えたかも知れない。女は、ティーシャツ姿の女は寒いのだろうか。

俺は女が煙草に火をつけてくれるのではないか、と期待して暫く煙草をくわえていたが、そんなことは考えてもいないようだったので、その動作が女の格別の注意を引かぬように注意しながらくわえていた煙草を隠しにしまった。

祖母に全部買って貰えるかも。と女が言った。祖母はああ見えてその実、そこそこのストックがある、とも。女は俺を誰かと間違えているのか。そんなことを俺は思った。ああ見えてもなにも俺は彼女の祖母を知らない。けれども金が欲しいし、女の身体にも魅力を感じていたので、俺は、そうだったんですか。と呟くように言った。なにか保留するかのように曖昧に。そのなにかが明確でないが実は明確。でも明確にしたら終わり。それがいま俺が置かれている状況そのものだ、と俺は思っていた。

俺は女にこれまでの経緯をすべて語りたかった。語り手となりたかった。でもそれができない。俺は台車を押して部屋に戻った。

部屋に食料品のストックはなかった。ただ古新聞が、大量の古新聞が床に散らばっていた。俺は新聞を購読していない。それなのに大量の古新聞が部屋にあるのはいったいどういった訳だろう。わからない。そしてそれは日を追って増えていく。頭の中に日々の記憶が積み重なるように増えていく。俺の日常に記憶した方がよいような特別なことはなにもない。それだったら忘れてしまえばいい。にもかかわらず記憶が積み重なって消えない。

そんな感じで古新聞が増えていく。古新聞で紙飛行機を作って窓から飛ばせば気分がよいのかもしれない。たまっていく新聞も片付き部屋がすっきりする。けれどもどの新聞も丸めてあったりしわくちゃだったりねじってあったりして、直線を構成できない。よって紙飛行機にはならない。それは頭の中の記憶も同じこと。ゴミのような記憶ばかりで誰かに話すことができない。話したところで。言葉はすぐに墜落する。

俺は植木鉢にぐるりを囲まれた部屋でビニールジャンパーを着たまま新聞紙の上に寝転がりそう思った。そう思って煙草を喫んだ。

そうして俺は夜ごと若い女の家を覗き、そして放火を重ねていた日々のことを思い出していた。しかしそれは古新聞に掲載されていた陰気な記事の一節であったのかも知れない。その区別がもう俺にはつかない。

目を覚ましてすぐ近くの公園に行ってみた。公園に行けば空腹を忘れさせてくれるなにか（それが食い物である／なしにかかわらず）があるのではないか、と思ったから。けれども午前の公園にそうしたものはなく、あるのは屑だけだった。その屑の大半は読み捨てた週刊誌や新聞紙だった。ホームレスが鳥に餌を撒いていた。拾って食ってやろうかと思ったがよし、水飲み場で水を飲んだ。大量に飲んだ。最初はうまいと思ったが途中から普通になり、そのうち変な味になったので飲むのをやめた。俺はあり得ない分量の水を飲んだのだ。水の味が変わったのか。それとも俺が変わったのか。それをどう認識するかによってすべてが変わる。

午過ぎ。昨日と同じように冬の陽光が眩しいなか台車を押して件の競技場近くの婦人服店の前を通過すると、待っていたのだろうか、女が店から急いで出てきた。眩しい光のなかに女の身体の輪郭が際立っていた。

女は、女の祖母に会うようにすすめた。これは二度とない機会であり、この機会に大金が手に入る、と言った。俺は訝（いぶか）った。鉢植えをすべて売ってもその売上を大金とは言わない。或いは別の、もっと大きな利益が得られると言いたいのか。わからない。わからないが会うことにリスクが伴うわけでもない。そこで、どこに行けばよいのか。自宅か。そうだとしたら自宅はどこですか。と問うと、女は束の間、悲しげな表情を浮かべたが、じきに元の明るい表情に戻って、実はここが自宅である、と言い、以下のような説明をした。

道路に面した部分が飾り窓になっているので店舗のように見えるが一般住宅だ。祖母は元々、洋服店に憧れのような感情を持っており、このようにマネキンを置くなど、店舗らしくして楽しんでいた。そもそも祖母は大きいサイズ専門の婦人服店を営みたいと夢想したが実現はしなかった。とはいうものの自分たちが入居する前、ここは店舗だったらしい。といって婦人服店ではなく、スキューバダイビングなどの用具を扱う店であったらしい。なんでもKYマリンという名の店で、新聞社のカメラマンが珊瑚に故意に傷を付けて写真を撮り、此の世の道徳がすたった、という意味内容の記事を付けて新聞に掲載して問題になった事件とその店舗は関係があったらしい。そういったことでいまでは自宅であり店舗ではない。そして祖母はこの中にいる。

俺は、それはわかったがそんなことはどうでもよい、と思った。俺にとっての最大の問題は鉢植えが売れてその代金が貰えるかどうかである。
俺は鉢植えを台車から下ろした。店主ではなかった女がそれを飾り窓の中へ運び、マネキンの周囲に配置した。そのため店でない店がよりいっそう店らしくなった。けれどもよく見ると看板はどこにもなかった。

女は、祖母に継続的に買って貰い、この次からはその「リヤカー」ではなくワゴン車で配達できるほどに商売がうまくいくことを私は希ふ、というようなことを言った。確かにそうだ。ワゴン車があれば商売の効率は上がる。そしてそれのみならず私的な生活水準も向上するに違いない。盗んできた鉢植えを売るばかりが人生ではない。ワゴン車があれば様々の余暇・レジャーを楽しむことも可能だ。現に多くの国民がワゴン車を用いてそうしたことをしている。

けれどもよくよく考えれば俺は運転免許証を取得していない（交付を受けていない）。だから金が入って先ず買う物は厚手のコートだ。

女がドアーの内側に垂れ下がった黒いカーテンの陰から俺をなかに請じ入れた。入れ違いに女は外に出た。汚くてすみません。ぜんぜん片付いてなくて。という女のくぐもった声が聞こえた。俺は女と入れ違いになかに入ったのだ。

入った瞬間、嫌な匂いがした。昨日、漂っていた異臭と同じ匂い。ただしもっと濃い。甘さを含んだようなその嫌な匂いに頭がジンジン痛む。匂いの源を探ろうとあたりを見渡した。女は自宅と言ったが家具らしきはなく、数本の金属のスタンドがあり、業務用の照明機材が取り付けてある。壁も床も天井も打ち放しの混凝土で装飾もなく、ひとつだけ窓があったが生い茂った雑木によって外から塞がれているも同然だった。

奥に通路がありその先に小さなキッチンやトイレがあるらしいが俺の立つ位置からはよく見えない。

塗装の剝がれたドラム缶が数本。段ボール箱が三箱、積み重なってあった。その段ボール箱の脇にビニールの袋があった。袋の口が乱暴に破られて、なかが剝き出しになっていた。なかに入っているのは女が着ていた二万年前の人間が描いた、そう、いま思い出した、「ラスコーの壁画」ってやつが印刷してあるティーシャツで、同じものが何枚か入っているらしかった。

それにしてもなぜこんなに乱暴に袋の口を破ったのか。よほど急いでいたのか。緊急事態が起こってなにかを断念したのか。そうだとしたらなにを断念したのか。販売か。同じ品質の、同じものが数揃ってあることは人を販売に駆り立てるはずなのだが。

段ボール箱の脇に異様の老婆が座っていた。老婆はchicな洋服を着てパイプ椅子に腰掛けていた。そのとき俺はその老婆のどこが異様なのかがわからなかった。でも異様なので正視できず目を逸らし、足元に視線を移すと、煙草の吸い殻が散乱していた。そして、もう一度、老婆を見て、それで初めて老婆のなにが異様なのかがわかった。


老婆は異様に大きかった。どれくらい大きいかというと普通に比べて二回りほど大きかった。だから現実感が希薄だった。老婆は身じろぎもせず、呼吸もしていないように見えた。

しかしその一方で老婆の存在は生々しかった。老婆は俺を凝視していた。その瞳には敵意が漲(みなぎ)っていた。額に垂れ下がった長い髪の間から光る瞳で老婆は俺を凝視した。


俺は老婆と無言で向き合った。そうしたところ、まったく動いていないと思われた老婆が実は動いていることがわかった。

老婆は膝の上に置いた紙皿を左手で支え、右手で紙皿からなにかをつまみ上げ、これを口に持っていき、ときおり指についた汁を吸う、といった動作を頻りに、またせわしく繰り返していた。皿の上を狙っているのだろう。老婆の周囲には数匹の蝿が舞っているのも見えた。

いったいなにを食っているのだろうか。そう思って皿の上を注視して吐き気を催した。

老婆は糞を食っていた。

というのは俺の見誤りで老婆の食っていたのはピクルスであった。俺が吐きそうになったのを見て老婆はますます敵意を露わにしたように見えた。それは俺の思い違いなのかも知れないが。

そのままなにも起こらないまま暫く経った。老婆は曖(おくび)を洩らした一瞬を除いて、ずっと俺を凝視し続けていた。女は老婆に説明をしなかったのだろうか。きわめて居心地のわるい、気まずい状況だった。

そのうちトイレに行きたくなった。本来であれば老婆に一言断ってトイレを借りるところだが、そうして気まずく、また非現実的な大きさの老婆にそうした儀礼は無用のように思えて、つい黙って奥の通路に向かってしまった。

けれどもそれが誤りだった。通路の奥にはトイレも小さなキッチンもなく、ただ木造の階段があった。そこは階段室であったのだ。階段は二階に続いており、踏み板の五段目まで、同じ銘柄のバーボンウイスキーのボトルがラベルの向きも揃えて置いてあった。けれどもそれらはすべて空であった。

二階の天井はきわめて低く、やっと立って歩けるくらいだった。だからもしかしたら屋根裏に床と天井板を張っただけなのかも知れなかった。照明はなかった。小さな窓があったがカーテンが引かれ、そこから僅かな光が洩れていた。その光に照らされて埃が舞っているのが見えた。その埃のなかを蠅が横切っていった。

二階にもトイレがないのだ。

そう思うとき視線を感じて、部屋の隅の薄くらいところを見ると豹が立っていた。豹はふたつの目を光らせて俺を睨んでいた。

俺は度を失った。しかし改めてよくみるとそれは死したる豹、剝製であった。毛皮には埃が積もり、光る目はガラス玉であった。

俺にはその豹は普通の豹よりかなり大きいように見えた。こんな馬鹿な豹があるものか。けれども彼の老婆が連れ歩くならばやはりこの豹なのか。俺は下の階に戻った。

老婆の姿が消えていた。ということは。金を貰えないということ。俺は外に出ようと思った。老婆が置いていった紙皿に蠅がびっしりたかって思うさま汁を吸っていた。

黒いカーテンを捲って外に出ると女が立っていた。女は煙草を吸っていた。おばば様はいずかたにおはします。わざとそんな問い方で問うと女は、近くの友人宅にトイレを借りに行ったの。と言い、それから、大金は手に入った？と無邪気な口調で問うた。そのとき女は左手に紙包を持っていた。

言葉を濁して答えないでいると女は気を変えたつもりか、菓子はいらないか。と言った。老婆が手焼きに焼いた菓子なのだという。

女は返事をきかないで紙包を手渡した。包み紙は古新聞であった。見出しに、「女子大生仲良し三人組、猟銃で射殺」とあった。俺は、見出しはたまたまであろうが、こんな古新聞で粗雑にくるんだような、しかもあの巨女が焼いたクッキーなのだから、さぞかし粗放で、大きさもコンパクトディスクほどある、下手をしたら練った粉を手で丸めただけの、まるでにぎり飯みたいなクッキーに違いない、と思った。

ところが包みを開けてみると、可愛らしい子供の形をした、市販品と同様の一口サイズのクッキーだった。それを見た瞬間、俺はこのことが、というのはつまり、凶悪な意味内容を印刷した古新聞で雑にくるんであるクッキーが可愛らしい形をしていることが、二重三重、いや、四重五重の意味を孕んでいることを見破った。
それは、老婆が女とけっして同時に現れぬこと、そしてこの店が店舗のようであるが店舗でなく、かといって店舗でないこと。いろんなものが数が揃って品質が均一でありながら実は傷があること。俺が販売に成功しないのは、その傷こそが実はセールスポイントになることを知りながら販売しようとしているが、その一方でその愚を知りすぎているということ。醜悪なものに魅力的なものがくるまれていること。でもその魅力は醜悪なものの腐汁の煌めきであり、その魅力は嗅覚が麻痺しているからこそ感じる魅力であること。などなどであった。二万年前の人類という連続性も。

俺はそれをわかったことが苦しく、その苦しさを紛らわすために、憎しみを込め、クッキーをいちどきに口にほうり込み、クッキーを嚙み砕き、包み紙を丸めて捨てた。口の中に粒と粉の感触が残り、丸まった新聞が風に吹かれて転がった。
ずっと演技的な微笑を浮かべていた女が素の顔に戻ってこれを追った。

けれども俺は新聞紙を乱暴に丸めて捨ててよかった、と思った。俺はこれ以上、俺の中の古新聞を増やしたくなかったから。もちろんクッキーを持ち帰るのも御免蒙りたい。

飛んでいった新聞紙を追っていった女がようやっとこれに追いつき、四つん這いになってこれに飛びついた。

「ここに捨てないで。捨てるならゴミ箱に捨てて」

新聞紙を捕まえた女がそう言った。

俺は走って行ってその尻を蹴飛ばしたかった。そうしないとどうにもならないようなものが俺のなかにたまっていた。けれどもそうしたところでどうにかなるわけでもないことも俺はわかっていた。だからそうしないで女の尻を見て動かない。

女が立ち上がって戻ってくる。しかれどもその姿、午後の陽光に煌めき、近づいているのか、遠ざかっているのか、もはや判然としなかった。

独り言は、人間をより孤独にするだけだ
（OMSB's“路傍の結石”remix）

「クソッ。あの忌ま忌ましい血に飢えたバカ犬め。まてよ、あの犬二匹バラして中華料理屋にでも売れば幾らになるのかな？」

男は『ビッグ・ポルノ』を警備するドーベルマン二匹を、侵入した際に割った硝子を拾い、殺した。

そして男は電卓を取り出すとパチパチやり始めた。

しかしドーベルマンの肉がどれだけの価値を持つかも見当がつかず当てずっぽうの計算をしていたので、すぐに飽きてしまった。

諺通りの皮算用を体現している事にやや狼狽し、傀儡（くぐつ）にされた様なでたらめな滑稽さに苛立ち、頭を掻きむしった。頭がベタベタする。手相に沿った様に手の平が切れていて熱い。

一息つき、真夏の夜空を見上げた。

空は男があくまで不法侵入者であり、且つドーベルマン殺しであるという物騒な問題も忘れさせ、男を赤ちゃんのお尻を覆うオムツの様に包み込んだ。

「このままここで暮らそう」

と吐き出した。

本物の独りを感じ、普段他人から指摘されがちな独り言を誰に遠慮するでもなくごく自然
更に気分が良くなり「俺は絶望にうちひしがれたかのように、死に場所を探している。もし、俺にラッキー・チャンスが廻ってきたのなら、おのずとそれは見つかる筈だ」と、口癖を付け足した。


『ビッグ・ポルノ』という名はただの客寄せに過ぎず、本当のところは全く普通のゴルフ・ショップである。

この屋上と、そこに映る空が気に入りここで暮らそうと独白してはみたものの、何せ屋上だ。ましてや、ゴルフ・ショップのだ。

当然だが生活には水や食料、雨風を凌ぐ屋根と壁が要る。今更になって不法侵入とドーベルマン二匹を殺しているという救いようの無い自己責任に直面した。

男はいつもそうだった。

「俺は感覚主義だ。機械じみた完璧主義なんて御免だね。その場で光り輝くアイディアに身を任せる事こそ、人間らしさである筈なのだ」

というポジティブな、一個人の感覚としての人間らしさをモットーとし、拠り所にして男は生きてきたのだ。

男の古くからの友人は、あらゆる事に段取りをつけて、一つ一つ着実にこなして進んでいく事もまた人間らしさだがそれすら全てでは無い。という様な事も言ってはいたが、男にはまるで聴こえていなかった。


24時間営業の業務スーパー『コープイケタニ』に売っていない食材は無い。

世界各国の調味料に希少な果物や特殊な生物の肉、見た事の無い色をした野菜とも形容し難いものなどを揃えた天下の台所だ。

国内外から一日数万人の買い物客を迎える一種の観光スポットとなっており、みんな嬉しそうに笑っている。

男の古くからの友人のウーチャンは『コープイケタニ』の鮮魚部門の主任であり、若手のホープだ。

弱冠三十二歳にして全ての魚介類とその調理法、旬を熟知しており、捌(さば)き方から棚出し等鮮魚部門全てにおいては非の打ち所の無い男だった。特に光り物の魚はソーラー・パネルの升目の様な精密さで陳列され、圧巻の輝きを誇っている。

更にはスタイルも顔も抜群なのでアルバイトからはウーサンと慕われ、パートの女性界隈からはウーサマと崇められており、老若男女問わず話題の中心として事欠かない。

しかしこれだけソツの無い人間を見ると、人というのはどこか腑に落ちずに「何かマズい性癖を持っているんじゃないか」だとか、「私服がダサそう」などと言う人間が一人はいたりするものだ。

例によってこの『コープイケタニ』の鮮魚部門にも、シンプルに「奴は人気者だから嫌いだ」という妬みを持つ男がいる。

パック詰めのプロフェッショナル、小心者の右田（みぎた）だ。

右田はウーチャンが視界に入る度に、聞こえるか聞こえないかの絶妙な塩梅（あんばい）で舌打ちをする。なぜならみじめな小心者だからだ。

割れて散らばった硝子、転がるドーベルマン二匹の死体。

これらが月の光によって平等に青白く照らされた屋上はその夜を益々神秘的なものにした。

男は堪らなくセンチメンタルになり、自らが招いた一大事を再考した。

今の季節、夜の屋上はエアコンの効いた部屋よりも体感的に涼しいのかもしれない。という事に気付き、一先ずそっと胸を撫で下ろす。

「腹が減った」

感じる前に言葉になる。

言葉にしたのちに実際に空腹だという事に気付き腹が鳴る。戸惑いが生まれた。

ここで暮らすと決意したが、ここを出るにも店内を通り、そこかしこに設置された監視カメラをすり抜け、鍵の閉めてある自動ドアを叩き割らなければならない。推察でしかないのだが、リスクが大き過ぎる。

「暮らすには不便だな」と独白し、下唇を噛んだ。


「ウーチャン何してんだろうな?」

これは空腹によりスーパーの試食を夢想し、『コープイケタニ』で働くウーチャンが関連付けて想起され、友人としてではなく、あくまで私利私欲として、「腹が減ったんだけどその辺なんとかならないかな?」というコネとしてのSOSを発するには格好の人間だなどという、なんともビジネスの神様らしい希望であった。

更に言えばウーチャンは夜勤なので、明け方であればどうにか都合をつけれるだろうと目論んだ。

男は時計を覗く。午前二時。24時間営業のスーパーとは言え、恐らく客は少なく、余裕もあるだろう。

携帯電話を取り出した。


「もしもし、ウーチャン？」少し間が空く。

「お、ひさしぶり。どうした？　こんな時間に」

「いやさ、困った事があってさ……」

「お前が電話をかけてくる時はいつも困っているよな」

「……」男は気まずさを覚え、躊躇した。

「簡単に言うと腹が減ったんだが、家から出られないんだ」

「え？　家に飯とかは無いのか？　そもそも何で家から出られないんだ？」

「飯は、無い。話せば少し長くなるのだが……」

男は事情を伝え、「家じゃねえじゃねえか」という軽い指摘をされつつ無視し、食料になるものをどうにか届けて欲しいと頼み込んだ。

「それってお前、どこから屋上に上ったんだ？」ウーチャンは諸々のややこしい事には触れず、そもそも男が屋上に侵入した際の手段を聞いた。

男は経緯を回想しながら、大層嬉しそうに声を躍らせて経路を話す。

「あのエロ屋みたいな名前の胡散臭いゴルフ屋あるだろ？『ビッグ・ポルノ』。そこに隣接した雑居ビルがあってな。路地を入ったところにある外階段は屋上に続いていて、そこから飛び移ったんだ。俺ぐらいのガッツが無きゃあ出来ない芸当さ」

「なあ、お前……」ウーチャンは呆れている様な声で男を呼ぶ。

「なんだよ？」

「入って来た時と同じ様にして外に出れば良いだけじゃないのか？」

自分の抜け目を棚に上げ、男は激怒した。

「言いたいことはそれだけか、このフニャチン野郎！」

あくまで協力するつもりでいたウーチャンはてんでバカらしくなり、この男が大嫌いになった。今までこの男にしてやった貸しを一つ一つ思い出す。これまでだって嫌いになる要素なんて幾らでもあったのだ。

「お前は俺に一度でも手助けをしてくれたか？　いいか、俺は助けてやったぞ。お前が行きずりのニワトリ女に性病を移された時、良い医者を紹介したのも俺。それにお前が好きな女の前で脱糞した時、隣で俺が脱糞をして全ての恥を俺が受け持っただろう？　脱糞だぞ？

お前は俺に何をした？」

「あぁ、五千円も借りてるな」男はウーチャンの恩着せに付け足し、汗ばんだ手を拭いた。

「困った時はお互い様だろう？　たまたま今までお前が困っていないだけだ。そもそもな、俺はお前に助けてくれと頼んだ訳じゃあない。全部お前が勝手にやった事だろう！」一喝した。

「俺にとってビジネスとは」男は口いっぱいに溜った唾を一気に飲み干してから、再度言う。

「俺にとってのビジネスとはな、リスクは自分で背負わず、誰かに背負ってもらう事だ！　恩を仇で返そうなんて思っちゃあいないがな、お前を助けるという事が今後あるにしたってな、確実に手段は選ぶぞ」今後はもうないのだ。


　ウーチャンは聴こえる様に溜め息を吐き、何も言わず電話を切った。

　ふと振り返ると小心者の右田がにやにやと笑いながらこちらを一瞥し、大きく洟を啜り喫煙所から鮮魚コーナーへ戻って行った。気持ち悪い奴め。と口の中で罵った。

　正論を叩き付けられ、男は興醒めしきっていた。

「あいつのせいで何もかもが台無しだ」あれほど陶酔していた屋上の景色はガラッと一変し

た。月は忽ち濃い雲に消え、それにより割れた硝子は輝きを失い、元あった痛々しさに戻ってしまった。切れた手の平もただただ痛い。

先程まで清々しく感じていた夜風は生温く、ドーベルマンの死骸の放つ腐敗臭を加速させ、焼肉とニンニクを食った後の人糞の臭気を運んでくる。

光沢が無くなり、へたりきった絨毯の如く広がる血のマットな質感が屋上全体をしみったれた印象に変えたのだ。

隣接するビルへ飛び移り屋上を後にした。

『ビッグ・ポルノ』を正面から少し眺めた。曲がりなりにも性を表題にした割に、真新しい外観の無機質さが真夜中の蒸し暑さを少し冷ましてくれた。どこか釈然とせずにその場を去った。

ただ無心で足の向くままに進んでいると、駅前に導かれた。時計は三時二十四分を指している。昼間は賑やかなこの街の駅前もしん……、と静まり返っている。

「静寂は爆音だな」ボソッと呟いた筈が、駅ビルによって吹き抜けの半円形に囲まれ、広場の様な空間を持つバスロータリーは声を大きく反響させ、やがて元々の声より大きくなり男の耳に刺さった。

「爆音は静寂だな」男は強がりを言い、言葉を自分の物にした。

バスロータリーを抜けて駅前大通りに出る。雑居ビルは道路を沿う様に無数に並んではいるが、車は少ない。

駅を背にし、通りを挟んだ向かいに、〝真夏のおでんフェア〟の大きな旗が立つ、初めて見る名前のコンビニエンス・ストアを見つけた。

黒と黄を基調とした看板の中央に『FLEX』と書いてある。気になるので向かう事にした。どんな所にもビジネスのヒントは隠れているのだ。

車は全くと言って良い程無いのだが、信号をキチっと守って横断歩道を渡り、小走りで『FLEX』に入る。

「シェイムス……」

ボソボソとフェード・アウトしてゆく元気の無い男店員の挨拶。深夜だからだろう。

コンビニエンス・ストアに入ってまず向かうのは雑誌のコーナーだ。当然、ビニ本の表紙を見るだけの為に。

しかし大概は雑誌コーナーの角に少し仕切られて作られているはずのビニ本コーナーは存在しなかった。

男は大きく舌打ちした。

男とってビニ本のコーナーとは、世の中でタブーとされている裸体や露骨な性表現が、合法的に、且つ子供の目の届く範囲に鎮座しているパラドックスを楽しむ為の空間として機能していた。

そのささやかな娯楽がそこに存在しないという事はとっても悲しい事だった。だから目頭を押さえてちょっぴり泣いた。


無いのなら無いで仕方が無い。ドリンクのコーナーを横目で流し、「何処にでもある品揃えだな」と店員に聞こえる声で嫌味を言い、おむすびや、弁当、サンドイッチのコーナーへ向かい目新しそうな商品を物色する。

『三種の野菜のかき揚げ丼』……ヘルシー志向なのか男飯にしたいのかハッキリしない。男は眉を顰(ひそ)める。

『エビとアボカドペーストのサンドイッチ』……何がペーストだ。アボカドはゴロゴロしている方が絶対に良い。

『サンゲントンの濃厚パスタ』……見てくれ以上の情報が曖昧過ぎてよく分からない。

『―キハダマグロ大トロ使用―ゴージャスツナマヨの和風おむすび』……「いいね」男は胸が高鳴った。和風ツナマヨは定番ながら常におむすびカーストの上位にあり、しかもカツオではなくマグロの大トロ仕様でゴージャスときた。

決め手はやたらに長い名前だ。男はやたらに長いタイトルのものに弱い。音楽でいえば大好きなパブリック・エネミーのセカンド・アルバム『It Takes a Nation of Millions to Hold Us Back』はポリティカル・ラップに一石を投じた革命的な名作だし、クレヨン某では『嵐を呼ぶ　モーレツ！オ〇ナ帝国の逆襲』という副題のついた泣ける劇場版アニメもヒットした。兎に角好みだったのだ。


男はその長い名前のおむすびに手を伸ばし、摑む前に躊躇した。

男の手は血だらけで、乾いて固くなり閉じる時に皮膚が軋む。

よく見ると着ていた黄緑色のシャツとケミカル・ウォッシュのデニム・ジーンズには返り血を浴びている……。来た経路を見るとコンビニエンス・ストアの白い床には薄ピンク色の足跡が自分の所まで続いていた。男店員の挨拶が妙に小さかった事に納得した。

口を窄（すぼ）めて、少し考えた。店員に「お手洗い借ります」と伝え、返事を聞かずそそくさとお手洗いに向かった。

肌に返り血がかかっている部位と靴を洗い便所のトイレットペーパーで身体を拭いた。

お手洗いを出て、適当なTシャツを選び、ダイエット・コーラとやたら長いタイトルのおむすびを摑みレジへ向かった。

「シェイムス」店員はやはり元気の無い挨拶をする。

店員の名札には実物よりスリムな店員の写真がプリントされており、『宇（ご）』と書いてある。

素直に（ご）が気になる。喋り方からすると恐らく中国の人だろう。渋い顔をして雑にレジ打ちをしている。

起伏の無い声で「八百三十二円なります」と言うのでジーンズのポケットに入っていた、返り血の赤がうっすら染み付いた千円札を渡した。

「百六十八円です、あらざます」とフェード・アウト気味に言われ小銭を受け取り、『FLEX』を出た。

「レシート要らないです」と言う隙が無く受け取ってしまったので、くしゃくしゃと丸めて道に捨てた。


『コープイケタニ』の休憩所は従業員が多い事から旅館の宴会場の様な作りで、畳の上に卓袱台が何台も置かれている。パートのおばさん達はそこで持ち寄ったオススメのお菓子などを分け合ったり、上司の文句を言うリーダー格と、その取り巻きの「そうよ!」、「そうなのよ!」等の相槌で賑やかだ。

その宴会場の隅に座布団を敷き、胡座をかくパック詰めのプロフェッショナル、小太りでおろし金の様に鋭く光る青髭が鬱陶しい、ハゲで小心者の右田はにやけが止まらなかった。あの小憎たらしい鮮魚部門主任、みんなの人気者、完全無比なるウー・チャンの〝負〟の部分を目の当たりにしたからである。

恐らくはウー・チャンの友人であろう電話器から聞こえる微かな男の声。クソ卑怯者の右田は奴のウィーク・ポイントはココにあると睨んだ。

なにやらこのウー・チャンは、この友人の男の性病の為に良い病院を紹介した。そしてあろう事か友人の脱糞を肩代わりし、全ての恥を受け持ったというのだ。

右田はあの時の言葉を反芻した。

〝「お前は俺に一度でも手助けをしてくれたか？　いいか、俺は助けてやったぞ。お前が行きずりのニワトリ女に性病を移された時、良い医者を紹介したのも俺。それにお前が好きな女の前で脱糞した時、隣で俺が脱糞をして全ての恥を俺が受け持っただろう？　脱糞だぞ？　お前は俺に何をした？」〟

この行きずりのニワトリ女という悪意のある表現。普段の人当たりの良さからは考えられないくらい下衆な口ぶりだった。

そして良い医者を紹介したという事は、過去何度か性病を患っていると右田は考える。潔癖な女共には効くだろう。

少なくとも一部のコアなファンを除いては性対象としては見れなくなるのではないか。

また、脱糞という言葉はとても立体的で、視覚・聴覚・嗅覚にリアルに訴える表現だ。現にあの言葉は右田の耳の奥にこびり付いている。ましてや友人の窮地を救う為だけにこれをやってのけたのだ。これは友達想いという域を超えて確実に狂っている。

「ハハ……。これも奴の取り巻きの女共を散らすいい材料だ」

右田は嬉しさのあまりこぼれ出た自身の独白にぎょっとした。誰かに聞かれてはまずい。

そう思う一方、右田は胸の奥で微かに抱く感情に狼狽（うろた）えていた。

親近感を覚えてしまっているのだ。糞を放（ひ）り、行きずりの女に性病を移された事のあるウー・チャンという男に。

そう、男だけでの話であれば、なんて事の無い与太話でしかないのだ。

右田自身、脱糞し大恥をかいた事も、二度にわたり風俗でクラミジアを移された事もある。

右田はそこにコンプレックスとシンパシーを感じてしまっている。

羨ましかったのだ。つまり奴を嫌いながら、目を離す事が出来ない。奴のコアなファン右田は、自分のミジメさに気付き、休憩所の隅で静かに涙を流した。かつて自身が感じた事の無い、綺麗な右田だった。

時計は四時十分を指し、夜空は橙色の横線を滲ませ、既に朝焼けの様子を見せ始めている。街を少し外れ、河川敷沿いを上流に向かって歩き十五分程進むと、橋を含む交差点があり、その角にくすんだ水色の二階建てのアパート『シャロンハイツ　三号館』がある。一、二号館が何処にあるかは知らないが、このアパートの203号が男の棲む家である。

ゆっくりと歩きながら家へ向かい、途中、河川敷の階段に腰掛け、黄昏れながらもうじき来る朝を待っている。

コンビニで買った『―キハダマグロ大トロ使用―ゴージャスツナマヨの和風おむすび』を頬張り、小首を傾げる。美味いが、大トロという売り文句は必要ではなかった。でも、腹は満たされ憂鬱な気分は晴れた。昨晩あった事は一つも覚えていない。誰も知らないし、思い出せない。今日は暗い自分の家に帰りたくなかった。

男は愛に飢えている。「……男女の話では無い」。

愛は時に相手を包み込み、時に厳しくする事の名称では無い。愛を与える側にも、与えられる側にも完全なる承認をする事だと男は考える。人は孤独なのだ。だから何だというのか。ダイエット・コーラをがぶがぶ飲み、大きなゲップをした。胸のつかえが取れ、心地が良かった。

食欲を満たすと悪友の様な顔を引っ付けた性欲がやってきた。「よう、しごいてくれや」悪友は自身を半分硬直させ、デニムを少し押し上げ、意思に直接語りかけてくる。「男の誰しもが持つこのエネルギーを発電に使い、この不況と就職難に一石を投じられるんじゃないか」と独白し、電卓をパチパチやった。さすがはビジネスの神様である。

悪友は電卓を叩く手を止めさせ、この河川敷を散策する事を指示した。

傀儡の様にふらふら歩き出す。無表情ながら、胸の内は昂っていた。朝焼けの薄明かりで照らされた河川敷は、人間の業を徐々に映し始めている。元気に伸びている青草の臭いに紛れて、運動会で使う為の綱、あるいは湿った藁。あるいはより身近で言うと汗をかいて蒸れ、発酵した睾丸の袋の裏のアンモニア臭にも近い、しかしクセにはならない不快な臭いがする。

空き缶やペットボトル、片方だけの子供の靴、靴下、ラムネ菓子の容器、ビニール袋、縄の切れっ端の様な物など、よりどりみどりだ。それまでは美しく感じていた河のせせらぎが、公衆便所の排水の音に聴こえて来る。男の散策は事務的になる。

河川敷を散策して家の近所まで近づいた時、これまでとはジャンルの違う、やたらと情報量の多いものが目に入った。

ビニ本だ。男はおもちゃを見つけた犬の様にビニ本に飛びついた。

表紙には『薫る四十路・五十路妻』と題されており、ネグリジェに包まれた美しい中年女性が豊満な身体をこれ見よがしなポーズを駆使しアピールしている。そして、〝こんなとこ……入っちゃいました……〟や、〝今からデキる‼　小銭稼ぎのウラ技〟などの興味をそそる能書きが書かれており、付録のＤＶＤは抜かれていた。

悪友は再び煩悩を取り戻し始め、公衆便所の排水音はせせらぎへと戻ってゆく。小鳥やカラスが鳴き、朝が始まった。

男は本を摑み、目の前の自宅へと一目散に走り出した。

自宅のドアを開けると、玄関には履き倒された○ディダスの靴が雑然と散らばっており、左手にはユニットバスの扉、右手には蚤（のみ）の額程の狭いキッチンに皿や、オブジェの様に煙草が詰められた灰皿、割り箸が立てられた食いかけのカップ麺が我が物顔で居座っている。玄関を抜け居間の扉を開けると、小汚いがとても見慣れた八畳間のワンルームが広がっている。

居間の扉の向かいのカーテンの無い窓から朝日が差し、外からも内からも部屋の全貌が露だ。部屋の左奥にはシングル・ベッドが置いてあり、手前の襖は押し入れだ。

ベッドの足元側にはテレビ台と、小さなテレビが置いてある。右奥には昔からの趣味のＤＪ機器、つまりターンテーブルとミキサー、アンプとスピーカーがまばらな中身のレコード棚の上に並べられているのだ。

男は悪友を一旦制し、ターンテーブル、ミキサー、アンプ、スピーカーの順で電源を入れてゆく。スピーカーの上の写真立てには自分と誰かが肩を組み楽しそうに笑っている写真が飾ってある。誰なのかは知らない。

レコード棚からアナログ・レコードを物色する。当然自分のお気に入りばかりだ。

お目当てのレコードを引っ張りだした。大好きなパブリック・エネミーのセカンド・アルバム『It Takes a Nation of Millions to Hold Us Back』の1LPだ。中でもお気に入りの曲『She Watch Channel Zero?!』に針を落とす。早朝だとか隣人だとかはおかまいなしでボリュームを上げた。

ノイジーで毒々しいハードコア・ロックのギターのループにチャック・Dのハリのある声がビシビシくる。ターミネーター・Xのスクラッチが隠し味だ！

男はベッドに仰向けで寝ころがり、ジーンズのチャックをおろし、ハリのある悪友チャック・Dを引っぱり出して握ると、先程拾ったビニ本を開いた。好みのポーズをとった好みの容姿・体型の中年女性のページを開き、「チャック・マイ・ディック！」と叫び猛烈にスクラッチした。

悪友のチャック・Dは「イエー、ボイー‼」と飛び出す大量のフレイヴァー・フレイヴを吐き出し、アレだけ怒号を吐き出していたチャック・Dは急激に萎んでいった。

男の下腹部には、ヨーグルトのホエー（水分）の様に溜まった栄養たっぷりのフレイヴァー・フレイヴを拭かずに深い眠りに落ちた。

突然、精液のツンとする臭いが鼻を襲う。黒い本の表紙には本物の女性器が貼り付いており、その中は精液でたっぷり満たされている。昨日までは普通の目ざまし時計を使っていたのだが、今日からはこの女性器から臭ってくる精液で朝起きることにした。その後は、まるでテレビのチャンネルを替えたかのような全くノーマルな生活が始まる。素早くジャージに着替えて、マラソンをする為に外に出る。が、空の様子を見て「今日は天気がよくないのでマラソンは中止だ」と独り言を述べてまたベッドに直行。

絵に描いたようななまけものぶりが、きっとサラリーマン諸君の反感を買うであろう。しかし、この彼こそがまさにビジネスの神様として人々に記憶されるべき男なのだ。

子猫が読む乱暴者日記×レッド、イエロー、
オレンジ、オレンジ、ブルー
（柴崎友香 Kittens remix）

老人が一人、また一人と次々にやってきて並べられた椅子に座る。全部で椅子は八十席。それらに腰掛けている全員の顔に深く刻まれた皺が、長い人生で喜怒哀楽を読み取らせた。

一匹の白い猫がぼーっとして床に横になっているのが、安いヴィデオカメラで撮影された粗い画質でブラウン管に映っている。

「この猫は、ここから約四十キロ離れた我が家に居ます。名前はまーちゃんです」

田辺さんがマイクを使って老人たちに言う。スピーカーから発せられるその声は、決して力強いとは言えないが、まるでスナドリネコのように澄んだ声だ。

老人たちは二派に分かれた。可愛いまーちゃんを見てニコニコするものたちと、田辺さんのスナドリネコみたいな鳴き声で癒やされるものたちと。

まーちゃんは、コートをかけられて丸くなってよく眠っていた。カメラの性能はよくないのに、四十キロ離れた場所で昼寝をするまーちゃんの毛並みやゆっくりと上下するおなかのふくらみが、すぐそばにいるようにしか思えず、老人たちは思わず手を伸ばした。

やがて、彼らの感謝の気持ちが一個の大きなシャボン玉になって、会場を漂い始め、まーちゃんが映る画面の前を通り過ぎた。前に向き直ると、田辺さんに向けてシャボン玉はゆっくりと近づいてくる。彼はそのシャボン玉の存在に気づいているのだが、知らぬふりをしてよその方向を見て、歩き出した。シャボン玉は、そのあとをついていき、やがて置いていったり追い越されていったりした。そしてついに彼の顔面に当たって割れた途端、ビックリまなこでへの字口になった。しかし、よく見ると老人の中の一人が、まーちゃんにも田辺さんのスナドリネコの真似にも無関心な態度をして、黙々とシャボン玉を作って飛ばしていただけだった。

「ちょっとコンビニ寄ろか、とかって聞いたら返事ないもんな」

その老人と連れ立ってきたらしい最高齢の老人が、心から嬉しそうに顔をほころばせた。彼がこんなに無心になにかに集中しているのを見るのは、二十年ぶりだった。

「明日って時間で決まってるの?」

最高齢の老人は田辺さんに聞いた。明日もこの場所で、まーちゃんの鑑賞会が開かれることを、会場の皆は期待していた。

田辺さんの中で、憤激の炎が燃える。そんな俺を他人が見たら、眼鏡をかけた真面目そうなやつが何やら陰気なことを考えてるぞ、とでも思うのだろうか?

衝動的な弱いものいじめを、必死で辛抱強く我慢。意地悪そうな態度を隠すために、こっそりとカプセルを飲む。この薬さえあれば俺の嗜虐的な性格をカモフラージュできる。薬の効果を待ちながら、会場を見回す。なんと貧相な場所なんだろうかとしみじみ考える。壁の白いペンキがはげかけ、擦り切れた茶色の絨毯は山奥の土の匂いがする。本来ならここに本物の土を運び入れて植物を植え、スナドリネコの住環境を再現すれば、まーちゃん目当てに集まった皆の関心を一気に自分に集められたはずだった。

翌日、老人がまた一人、また一人と次々にやってきて並べられた椅子に座る。全部で椅子は八十席。それらに腰掛けている全員の顔に生えた猫の髭が、長い人生で喜怒哀楽を読み取らせた。五十歳を超えると人間に猫の髭が生え始めたのは、年号が変わったあたりからだ。会場は少し下りになってからまた上りになっているので遠くまで見通すことができ、田辺さんは瞬時に入ってきた一人一人を確認した。やがてすべての椅子が埋まり、空いた席のない老人は帰らされた。もう次の機会はありそうもないので、皆ブツブツと文句を言いながら帰った。

人数が揃い、ちょうどいい頃合いを見計らって、ステージの上に黒板と共に置かれたモニターにスイッチが入れられる。少々の沈黙の後、急に映像が現れる。まーちゃんは今日は誰かの膝に乗っていた。膝しか映らないので、その人間が誰だかはわからない。

「こういうトンネルって、映画に撮ったら……」

人間の声がわずかに聞こえる。子供のような声で、男か女かわからない。まーちゃんの背中を撫でる手は、しかし老人のようだった。

突然、会場が明るくなった。誰かがこの催しを中断しようとカーテンを開けたのだ。窓の外では、金属の四角い箱の縁に光が反射し、学校も近所も大騒ぎになっていた。


光で、目が覚めた。右側から白い光が射していて、白くて強い光だったから、一瞬、朝になったのかと思ってしまった。

ちょうど三日前に店を辞めたばかりだったが、今までのことはすべて忘れて部屋で踊った。曲が終わると、わたしは何事もなかったかのように再びソファで横になった。久々に体を動かしたので極度に疲れたのだ。

わたしは体を休めながら窓に目を向け、外の様子を眺めた。金属の四角い箱はまだそこにあった。空を灰色の雲が覆い、すっかり陰気なフィーリングに街は支配されている。わたしはそんなこと別段気にとめず、大きなあくびをした。今日あったことを思い返していた。

「まあ、こんな日もあるさ」とわたしは呟いた。

「にゃー」突然、女が猫の鳴き真似をする声が聞こえて度肝を抜かれた。

「優雅な踊りを見せてもらったわ」

女弁護士の洋子だ。彼女はわたしの部屋の隣で事務所を開いている。いつも仕事から解放されると勝手に部屋に入ってくるのだ。小学校のときから知っている人が、世間的には立派な職業についてから猫人間になるとは、予想外だった。

彼女は大きな目の真ん中のところを細めて、わたしを見つめる。ガラス張りのこの建物は常に強い日差しが入ってくるので、彼女は一日中瞳孔を糸のような形にしている。

突然天井の照明器具が点滅を繰り返した。赤、赤、赤、赤。黄色、黄色、黄色、黄色。

これら全ての原因は、以前この部屋が愛猫家向けヴィデオの撮影所になっていたからだ。壁の傷は猫の爪あとだし、絨毯の毛糸の間には猫の毛がぎっしりつまっている。家具などはここには一切ない。堅くてギシギシいうソファと絨毯以外は壊したり引き裂いたりして捨ててしまった。しかし、洋子は猫の毛に興奮し、床を転がり始めた。わたしは首をひねりつつ、煙草を灰皿で押し潰して窓を閉めた。静かになった。

自分の座っているソファが、よりひどくバネの音を立て始める。高価な長毛種のいかにも裕福そうな白い猫の姿を想像し、それを撫でた。かつてこの部屋に居た猫たちの姿が見えるようになったのだ。

暫くして、どこからか音楽が聞こえてきた。どんな音楽かは明瞭には聞こえないので判らないが、やけに軽快であるのは感じた。

今の時代、街には音楽が溢れ、テレビやラジオやステレオからガンガンとメロディやリズムが流れ出している。家の中でそれが聞こえても不思議ではない。

最初はシャドウ・ボクシングに合わせてリズムをとっていただけだったのが、我慢し切れなくなって足や腰も動き出す。気がつくとソファから立ち上がって踊っていた。

人前では他人の目を気にして何もできないのに、家ではすごく大胆になれるのが不思議だ。踊っていると、かつてこの部屋に居た住人の姿も見えてきた。彼の髪がひどく汚れているのは、それなりに理由があった。ヴィデオ・アーティストとして国際的に有名な田辺さんは、長い年月をかけて郊外のドキュメンタリーを撮っている。一年のうち大半は郊外の団地に潜入し、決死の覚悟で撮影を強行しているのだ。間抜けな猫のヴィデオばかりではない。寧ろ、こちらの方がライフ・ワークと呼ぶべき立派な作品なのである。いつか世界中の若者を熱狂させるような映画を撮るって信じてるのだ。

しかし、汚染された郊外の団地で常に埃をかぶるのが、極度に髪の汚れる原因になっていた。その上に帽子も碌に被らない為に紫外線による熱で髪が脱脂状態となり、さらに気配を消していても隠しきれない猫ヴィデオ撮影の気質が呼んでしまう猫たちが頭に上ってきて、その状態のまま撮影するので髪同士が激しく擦れ合いますますぼろぼろになってしまうのだ。撮影現場の巨大団地は海に近く、潮風を毎日浴びるのも髪には大変に都合の悪い環境だった。

海沿いの道を車で走っていると、九歳で密航して上海を目指した親友を思い出し、ルームミラーで後ろの座席をちらっと確認した。そこにはカメラがあるだけだった。話し相手もおらず、相変わらず続く沈黙に嫌気が差し、田辺さんは静かに舌打ちをした。

光で、目が覚めた。右側から白い光が射していて、白くて強い光だったから、一瞬、朝になったのかと思ってしまった。突然天井の照明器具が点滅を繰り返した。赤、赤、赤、赤。黄色、黄色、黄色、黄色。

ファースト・フードの店でバイトすれば、自分の考えを人にうまく伝えられなかったり、したいことがあっても自分から率先して行動できないなどという病気を克服できるに違いないと思いついたのだ。

「そうかなあ、やっぱり。だって」

自分を否定する声が頭の中で聞こえたが、わたしは実行に移した。面接の後、店長の判断で接客には向かないという評価を与えられ、結局は地味な厨房で働くことになった。これには失望させられた。工場で働くのと何ら変わりないではないか。しかし、よく考えてみれば工場のように、屈折し陰気な労働者ばかりの職場よりは、陽気で若い仲間たちに囲まれたこの方が精神衛生の上で良いことに決まっている。

表情がなく、死人のような顔をしたわたしは漠然と田辺さんの顔をじいっと見ているうちに、彼はどことなく若いころのわたしに似ていたような気がした。

田辺さんもまた異様な容貌の人間だった。田辺さんは、自分の猫髭を余りにも粗末に扱い過ぎていた。

これには少々失望させられた。だから、この厨房が禁煙であるのを知っていながら、煙草を吸うことにした。優しそうな人間を崩さずに上着のポケットから一本取り出し、火をつけた。そのときにシャボン玉老人と目が合った。

シャボン玉老人は田辺さんの行動をいつも見ていて気になることがあった。よく無意識に煙草を一本取り出し、ここが禁煙であることを忘れて吸い始めてしまいそうになること。そしていざ口にくわえると、絶対に製造会社の名前が印刷されている側に火をつけてしまうこと。前者の段階で終わるときもあるが、大概煙草のおしりに火をつけてしまって「あっ間違えたニャ」と思うのと同時に、ここで煙草を吸ってはいけないという決まりについて思い出すのだ。それを例外なく、毎回必ずやってしまうのである。この男は学習能力がなさ過ぎる。なんか残念っていうか、がっかりしたっていうか。

光で、目が覚めて、わたしと洋子は部屋を出て、同じ階の二十五号室のドアの前に立った。気の高ぶっていた洋子は大事なものを忘れたので、一度自分の部屋に戻った。事務所にはちょうど祖母が来ており、彼女を連れて行くべきだと思ったのである。ただの老婆ではないところを、わたしに見せたかったのだ。ここ半年というもの洋子は祖母を以前にも増して慕うようになっていた。それまでは家庭の事情などで一度も会ったことがなかったのだが、たまたま親類の葬式で対面した。最初、祖母はなかなか自分の気持ちを表すことはせず、しばらくぶつぶつ言っていたが、十秒ルールを設定した後は、朗々と不明瞭な猫の鳴き声を繰り返すだけで洋子を無視した。にゃーとかぴゅるるるとかぱたぱたぱたぱたとかあおーとか、何種類もある祖母の鳴き声を、長い時間をかけて洋子は聞き取り、細部までメモ帳にボールペンで書き取った。鳴き声には規則性があり、結局はメモ帳なしでどんなときにどのように鳴くのか洋子は理解した。子猫のように鳴くことで祖母は自分の今までの人生を表現し、洋子に鳴き方を教えることで孤独をまぎらわし、生きる気力がめきめきと生まれるのを感じ、髭も伸びた。世界一ハッピーな二人だった。

洋子が老婆を連れてくる間、わたしは二十五号室の前でボーッとしながら、猫型のペンダントを指でもてあそんでいた。洋子が戻ってくるだけではなく、きっと人格まで問われることになるに違いない。

「あんたさ、自分ちの猫の残像を自慢するより、自分の見た目をどうにかすべきだよ」

偏食や朝食を抜いたりすることが原因なのかもしれぬ。健康的な生活を忘れると、本当に悲惨なことに猫に好かれないのがよくわかったことだろう。十分な栄養をきちんと摂っていれば、こんなことには絶対にならない。

わたしの目はだんだんと視界が狭くなった。開けた窓から春先の冷たい風が吹き込んできて、光の点滅が見えた。赤、赤、赤、赤、黄色、黄色、黄色、黄色。

もし万が一、田辺さんに似合ったサビ柄の猫を発見するチャンスがあって見栄えのいい衣装を入手できたとしても、このような猫好感度の低い状態では、周囲の人々を幻滅させるだけだろう。それだけではなく、きっと人格まで問われることになるに違いない。

顔の筋肉を動かさないように気を遣い、話したり微笑んだりするわたしの顔の動きは、子猫から見ても不自然だ。

「もっと猫から見られているという意識を大切にしたほうがいい」

洋子はわたしにアドバイスしてやりたそうだったが、止めた。余計な世話を焼いて相手を傷つけたりしたら非常に面倒だ。しかも自分は法律のプロであるし、名誉毀損だとか、そんなようなことになっては本当に困るのだ。

光で目が覚めたシャボン玉老人は田辺さんのところまで直接来て耳打ちした。大声で言ってやればわざわざ歩かずに済むのだが、それでは彼が意地の悪い路地裏猫たちの笑いものになってしまう。信号待ちをしていると、すぐ横にあるコンビニエンスストアの前で、自転車に三人乗りして来たらしい高校生ぐらいの男の子が、他の二人の乗った自転車において行かれそうになって、飲みかけのペットボトルを持ったまま慌てて追いかけて行くのが見えた。青いネオンサインに照らされている光景を見ながら、次の映画は若者たちの青春群像にすることに田辺さんは決めた。特に学生時代、人と目を合わせて話せなかった田辺さんは、教師に指されることに尋常でない恐怖を感じていた。今以上に内向的で人と交わるのが苦手な田辺さん。そんな不器用な田辺さんだったけど、ビクビクしているなんて他人に知られたくなかったから、人一倍猫のことを勉強し、誰よりも猫に好かれることで皆の羨望を得た。

「俺は今までどんな猫にも無視されたことはねえんだ！」

「その根拠のない自信は」

「止めろ！」と田辺さんは叫んだ。

それ以来、田辺さんと山田は友だちになった。猫づきあいだけでなく人付き合いがうまくなったような気がしたが、実際のところ彼とはそつなく振る舞っているだけで、本物の心の交流なんてなかった。次第に田辺さんは山田との関係が煩わしくなった。人付き合いのうまい自分にストレスを感じるようになってしまったのである。

頑張って自分自身を変えたと思っていたのに、結局は余り変わっていなかったのだ。

「次はうまくいくって」

「おれもそう願ってるわ」


光で目が覚めた洋子はその頃、とにかく何か仕事が必要だった。貯金もまるでなかったし。最初は実業界に職を求めていたが、やはり不可能だということが判った。

焦りと苛立ちが、洋子を絶望に追い詰めた。暗く憂鬱な表情でファースト・フードの店に行き、カウンターで注文するときが苦痛で堪らなかったが、その作業を眺めていた。

同い年と思われる連中が、機械人形としか見えぬ無感情な機敏さと、作られた若々しさでテキパキと客に対応する様がなんともいえず気味が悪かった。と、同時に自分にはできぬことをしっかり成し遂げる彼らの立派さに気後れを感じているのもまた事実だった。

「コーヒーを一つください」とわたしが注文すれば、すかさず、「ンジャメナ、とか」などと言い返す。そんな時、なにか判っていないくせに、「じゃ、それもください」と言ってしまうのだ。しかし、隣のカウンターに並んだ客は、「ンジャメナ、とか」「なにそれ」「アフリカの地名」と自分の意志を表示していた。煮え切らぬ自分に嫌気がさし、突然、大胆な行動を取りたくなった。きっと腐った動物の血液を連想させる臭気が、頭から足のつま先にまで染み込んでわたしの鼻からはなれない毎日が続き、食欲が減退して死人のような表情になっても、前向きな姿勢を止めようとしなかった。少しも見ないまま、それをズボンのポケットに入れ、勇気を出して職場の外でのグループ活動を、朝礼の前に提案してみた。

「今度の日曜日に、非番の人たちでテニスをやってみませんか？」

まともに話したことのない連中に、急にこんな案を出したのが悪かったのか、皆は全然無関心だった。わたしの話が終わったと同時に各自、無言で持ち場に就いた。接客の時とは別人のように、泣き出したいくらいの敗北感が、わたしを打ちのめした。友人のいないわたしが友人を作ろうと、せっかく努力してみたのに……。殻を破って外へ出ようとする試みを強行した自分を励ましたい気持ちでいっぱいだったのに……。

「不自然なんだよ、人間のやり方は」

背の高いシャボン玉老人が、ハンバーグを焼きながら初めてわたしに話しかけてきた。

「朝が来たら明日っていう気がする？」

「見究める必要があるな」

「明日って時間で決まってるの？」

そのありがたい助言を、わたしは無情にも無視した。無情にも無視、無、無。

暗い木々を見ているうちにまた眠った。

光で、目が覚めた。

車のドアを開けたのは缶ビールを片手に持った強烈な醜男だった。足下には、白い子猫が三匹居た。まーちゃんによく似ている、と思った途端、にゃー、と三匹とも鳴いた。

「なんだ、ピザの配達じゃないのか」

「飲むことばっかり考えてるよな」

「あることないこと、ほんまのこと嘘のこと、いろいろや」

そうやってしばらく言い合っているうちにトンネルが終わって、また紺色の夜の世界に戻った。

子猫は生まれながらの乱暴者さ、ガンジーの断食も、マザー・テレサの博愛も、ワシントンの正直さも、猫の暴走を止めることはできない。

「寝るわ。おやすみ」

光で目が覚めた老人が一人、また一人と次々にやってきて並べられた椅子に座る。まーちゃんは、コートをかけられて丸くなってよく眠っていた。

「寝るわ。おやすみ」

天真爛漫な女性
（曽我部恵一“Tell her No”remix）

人柄の良さが、常日頃から周囲で評判になっている女性を、工事現場のブルドーザーがひき殺した。

運転手は彼女の素晴らしい内面について、何も知らなかった。

その一時間前、彼女は上司とパスタのランチを食べた。都内に何店舗かある創作パスタレストランは、数年前なら昼時は行列に並ばなければ入ることはできないほどの人気だったが、今はやっと落ち着いて、並ばなくても入店できるようになった。その日、店内には、彼女と上司以外には一人の中年女性がいたきりだった。店内には午後の光があふれ、チェーン店にしては居心地が良かった。上司はトマトソースパスタを、彼女はカルボナーラを注文した。

パスタを食べながら、上司は最近見た韓国映画のことをいろいろと話した。韓国映画にハマっているのだという。いかに韓国映画のシナリオがハリウッドや日本映画と比べて優れているか、美男子ばかりが主役になる日本の商業映画とは違いいかに生活のリアリズムがちゃんと存在しているか、そんなことをずっとしゃべった。彼女は韓国映画云々以前に、映画というものにこだわりはなかったし、映画が優れていようが劣っていようが、面白くて楽しければ良いと思っていた。それでも、倫理的境界線やコンプライアンスを超えていく野蛮さを自分たちの仕事にも当てはめて話す上司の持論は、それなりに興味深く、彼女も相槌を打ちながら耳を傾けた。

「きみの今日のセーターはとても素敵だね。クレーの絵みたいな柄だ。よく似合うよ」

上司はパスタを食べ終え、スマホを片手にそう言った。

「ありがとうございます」

彼女は唇の端にかすかに残ったカルボナーラのクリームをナプキンで拭きながら、微笑んで言った。

「でも、先週もこれ着てたんですよ、私。お気に入りなんです」

上司は彼女のそんな素直な返答の仕方が気に入っていた。この娘と自分がもし付き合っていたとしたら、どんな風に食事をしたりするだろうか。二十歳近い年の差があり、その可能性を現実的に考えたことはない。だが上司はときおりそれを想像した。そんな時、いつも緊張している脳にすっと倦怠が忍び寄り、少しやさしい気分になれた。反面、どんな男がこの娘と付き合うのだろう。どんな男に抱かれているのだろう、と考えるとき、下腹部から微熱のようなものがこみ上げ、変に気分が高揚した。

彼には妻と二人の娘がいる。上の子はもう高校生で、受験の準備やらで慌ただしい。専業主婦の妻は美容には異常な執着を持っていて、エステや岩盤浴やヨガなどに足繁く通う。が、そのかき集められ体全体に塗り込められた美貌は、彼の方を向くことはない。彼も妻に性的な欲望以外の感情を持っていなかったが、実際の行為は下の娘が生まれて以来、もう十年以上なかった。愛人がいたが、あるパーティで知り合った女で、この女にも性的欲望以外の感情は持ち得なかった。たいした女じゃないくせにプライドが高く、気の強さも好きになれなかった。会えばただただセックスをした。ときどき妻のことに怪訝な様子で触れてくるが、別れて自分と一緒になってくれとは言わなかった。あの女は俺のことをどう思っているんだろう。好きとか、そんな気持ちはあるのだろうか。そもそも好きとはどんな気持ちだったか。目の前でパスタを丁寧に食べる女性をちらりと見て、何か思い出そうとしたが何も思い出せなかった。

カルボナーラをきれいに食べ終えた彼女は、注文していたセットのホットコーヒーが運ばれてくるのを待った。

朝オフィスで、窓辺に蟻の群れがいるのに気づいた。蟻は列を作り、窓の隙間からサッシを渡り、オフィスの壁を横断していた。「どこから来たのかしら」彼女は不思議に思った。そして、とても小さな蟻だったので、ティッシュペーパーでさっとぬぐい去ろうと考えた。いびつな黒い線を作りひたすらどこかに行進している蟻一匹一匹を見ていると、この蟻たちにはどんな感情があるのかわからなかった。

「もしかしたら、何も考えていないのかも……」そんな風に思い、彼女は少し悲しくなった。だからティッシュペーパーで拭き取るのはやめておいた。自分から遠いはっきりとした存在に感じたからだ。「殺すのはかわいそうだわ」心の中でそうつぶやいた。デスクに戻り彼女はトートバッグからピンクの細い水筒を取り出し、一口飲んだ。蟻が作るいびつな列を想像していた。どうして列はまっすぐじゃないのだろう、と。

パソコンの画面にはエクセルが立ち上がっている。その表に入力していて、LINEの着信があったのがわかった。右上に小さく着信が出るのだ。〈めちゃくちゃねむい〜〜〜〉とある。恋人からだ。彼女はちょっとほっとしたような気分になった。

その前の晩、恋人とホテルでセックスをした。清潔な感じのシティホテルで、何度か恋人と来たことがあった。本当はその夜はするつもりはなかった。「お口でいかせるよ？」と言ったが、恋人はどうしてもセックスをしたがった。そこまで固辞するつもりもなかったので、なんとなく彼女が折れた。恋人は激しく行為をし、彼女もなぜかいつもより感じてしまった。

騎乗位のとき、少しだけ潮を吹いた。初めてのことだった。恋人のお腹が濡れて光った。いつもは中に出しているのに、その夜恋人は彼女の口に性液を出した。甘えたように「飲んで」と言われたので、彼女はそうした。そして微笑んで「おいしい」と言った。これはまんざら嘘ではない。最初のとき、飲むことは気持ち悪かった。だけど慣れると味があることがわかってきた。恋人の精子は、おいしいと思える時もあった。

彼女はこの頃、子供を産みたいと思うようになってきていた。年齢のせいだろうか。自分も二人姉妹だったから二人は欲しい、男だったらこういう名前女だったら……。などと考えることがよくあった。そうなった場合、恋人がちゃんと結婚してくれるか、仕事を続けられるか、ということも頭をよぎった。でも彼女は持ち前の前向きな性格で、「なんとかなるわよね」と自分に言って聞かせた。「なんとかなるわ」と。

だからここ一年くらいはセックスするときは中に出してと言っていた。最初は少し躊躇していた恋人も、すぐにためらわずに彼女の中に射精するようになった。精子が膣の中へ放たれ、お腹の奥でぬくもりが生まれる。そんな時彼女はあたたかい予感が体じゅうにそっと広がっていくのを感じた。

でもその夜は口の中に出されたので、予感はなかった。でもなぜか普段より甘えん坊の恋人のことを、なんかかわいいなと感じ、精子をごくんと飲んで舌の先で唇を舐めた。そして、微笑んだのだった。

ホテルのベッドで、真夜中に目覚めて、トイレに行った。トイレの便座は暖かくて座り心地が良かった。ベッドに戻ると恋人は子供のように体を丸めて眠っていた。

運ばれてきたコーヒーを飲みながら、恋人の子供っぽさについて考えた。それは彼の生い立ちに起因するものなのか、それとも男性全般のことなのか。どうしてもセックスをしたがったり、急に「好き?」などとたった一言のLINEメッセージが来たりする。そんな子供っぽさをむしろ彼女は好ましいと思っていたのではあるが。恋人はいつもコーヒーにミルクをたっぷり入れて飲んだ。だから彼女も一時期そのようにして飲んだが、やはりいつの間にかブラックに戻っていた。こちらの方が美味しい。彼女は今改めてそう感じた。恋人のことは好きだけど、何もかも合わせることはないわ。特にそんなどうでもいいところまで。目の前の上司はもうコーヒーを飲み終えていた。この人はいつもブラック。でも選択肢があってのブラックじゃない。だから子どもっぽくは、全然ない。そんな人は、つまらないかも。彼女はこの上司のセックスを想像してみた。でもちっとも面白さを感じなかった。ただペニスを入れて、真面目にせかせか動いて、おへそのところに出すの。少しだけ。上司の精子の量を想像し、彼女はかすかに微笑んだ。上司はそれを見逃さずに、片手に持ったスマホから目だけをあげ、にっこりと彼女に向けて笑いかけた。彼女は微笑んだまま目を伏せ、少し首を左右に振った。

彼女を知る者はみんな彼女のある魅力に気づいた。真面目さと真っ直ぐな幼さが無防備なオーラを彼女の周りに作っていた。造形的な意味でも彼女はきれいだった。美人という定型には入らないかもしれないが、そう多くはいないバランスの顔だった。日本人だと言われないと、どこの国の女性かわからないかもしれない。かと言って、欧米人のような濃い造りではなかった。鼻も口もすっきりとしていて、卵型の顔は見るからに張りがあり実際の年齢よりも五歳は若く見えた。肌は真っ白と言っていいほど白く、しっかりとつややかで、顔の中心には少しだけそばかすが広がっていた。そばかすを隠そうともせず、化粧はごく薄かった。そのことが、彼女の顔のあらゆる部分をはっきりと際立たせていた。目は冷たさと情熱の両方を湛えていた。瞳は淡い茶色で、色素が薄かった。

「コーヒーもういっぱいもらえるかな?」

上司がウエイトレスに言った。かすかに横柄な調子が混ざっていた。

彼女はコーヒーを飲みながら、昔まだ小さかったとき、お父さんがこっそりミルクを入れたコーヒーを飲ませてくれたことを思い出した。お母さんは、まだ子どもだからダメって言うけど、私はあの黒い飲み物をすごく飲みたかったんだ。お父さんは、やさしかった。

高校の頃、両親が離婚した。その頃彼女は、常に不穏な家庭内にうんざりして、家にあまり寄り付かなくなっていた。だから、離婚したことにもたいしてショックは受けなかった。ただ、お父さんに今までみたいに会えなくなると考えると、少しさみしかった。妹はそのとき小学生だったから、私みたいに彼氏や友達の家を泊まり歩くこともできず、たいへんだったろうな。今になっていつも思う。ごめんと。妹に。そしてお父さんにも。

「お父さんと一緒に暮らしてくれるよね?」と、離婚のバタバタの中でお父さんから言われた。

「は?」と彼女は言った。「んなわけないじゃん」と一蹴した。そのあと、結局お父さんはどこに行ったかわからなくなって、ぜんぜん会うことができなかった。四年前に知らない女性から電話があり、お父さんの死を知らされた。妹とお通夜に行った。お母さんはお父さんの訃報に対して、「そう」とひとこと言っただけ。お母さんは、冷たいひとだな。私はどっちに似ただろう。お父さんだったらいいな。でも母から受け継いだものを、自分の中にひたひたと感じていた。それは年々影を濃くした。お通夜では、知らない女性が喪主を務めた。遺影の中には見慣れないお父さんがいた。やさしいお父さん。コーヒーを飲ませてくれたある夜、あれは小学校二年生だったかな。お父さんは私に飲ませた後、キッチンにあったウイスキーをそのカップに少し滴らしてお砂糖を入れてかき混ぜながら「こうして飲むととってもおいしいんだよ」と言った。大人になったら飲んでごらん、と。甘い、嗅いだことのない香りがした。私はこくりと首を縦に振ったが、結局それ以来アイリッシュコーヒーを飲んだことはない。さようなら、やさしいお父さん。

上司も恋人も、いい人だ。私のまわりの人は、みんないい人。自分はとても恵まれていると思う。ときどきお父さんが見守ってくれているんだと思う。妹のこともちゃんと見守ってくれているはずだ。だから大丈夫。全部、大丈夫。私は恋人との子供を産むだろうか。たぶん産むだろう。恋人のことは好きだし尊敬する部分もあるけど、お父さんを好きというのとはぜんぜん違う。お父さんとはセックスしないもの。お父さんはどんな時でも抱きしめてくれるだけ。恋人とはセックスがないと成り立たない。お父さんに抱きしめられると、あたたかいベッドの中で眠ってる時の気分になる。恋人の体を丸めた寝姿を思い出す。あの人もセックスのあと、体を丸めてる時だけあたたかい気分なのかも。その時、初めて恋人の精神と自分の精神とが繋がった気がした。

レストランの裏手にある部屋は倉庫として使われていた。大きな業務用冷蔵庫が据えられ、ナプキンやコースターやトイレットペーパーなどの在庫、各種の缶詰や、木製のボトルケースなどが積み上げられていた。たっぷり外光を効果的に取り込んだ白が基調の清潔な店内ホールとは違い、冷たいコンクリートの壁に囲まれた倉庫は寒々しかったが、どこかこの店が象徴する親密さをちゃんと纏っていた。不潔ではなかったし、物の配置も乱雑ではなかった。

ネズミの一家はこの場所を寝ぐらにしていた。部屋の端っこにある小さな流し場は全く使用されておらず、陶器の白い手洗いには割れ目があり、そこが下水道への配管と繋がっていたから、自由に出入りすることができた。出入りには慎重を期した。もし他のネズミたちがこの場所を知ったら、すぐに占拠されてしまうに違いない。あいつらは無知で、不潔で、他者への配慮が全く足りない。そんな連中が本当に増えてしまった。父ネズミ母ネズミ子ネズミの一家はだから、誰にも気づかれないように生活していた。町の中心から少し離れたこの場所を選んだのも、真夜中に行動せずなるべく日のあるうちに食料探しをするのも、他のネズミたちに出くわさないための配慮だった。どんな時も一家は共に行動した。一家は同時にこの寝ぐらを安全に保つための努力も欠かさなかった。部屋に置かれている食料には決して手をつけなかったし、排泄などもここではしないようにしていた。虫など、他の生き物が侵入しようものなら、すぐに駆除した。

大きな冷蔵庫の下には丁度良い隙間があり、真冬でもあたたかかった。そこに、以前店の隅で手に入れたコーヒー豆の麻袋の切れ端を重ねて敷き、家族で集まって眠った。麻袋の切れ端は、最初のうちはコーヒーの匂いがした。コーヒーの匂いに包まれて家族で眠るのは、冒険物語の最後のシーンのようで楽しかったが、いつの間にかその香りは消えた。

いちど、外部からの侵入者を発見したことがある。子ネズミが積み上げられた缶詰のタワーに登って遊んでいる時、洗い場の白い陶器の割れ目の暗闇に光る目を見つけた。心臓が止まるかと思うくらい、驚いた。急いで缶の山を駆け降り、父ネズミと母ネズミに報告した。知らせを受けた瞬間に父ネズミは猛然と駆け出し、何の躊躇もなく陶器の割れ目へと突っ込んでいった。しんと静まり返った時間が過ぎた。母ネズミと子ネズミは部屋の隅の洗い場が見える場所に体を寄せ合い、ただそちらをじっと見つめた。そのあと、父ネズミはゆっくりと戻ってきた。

暗闇にいたのは老ネズミだった。戦おうとした相手が弱った老体だと悟った父ネズミは、話し合いで解決しようと思った。おとなしく外へ戻って、誰にもこの場所のことは言わないでおいてもらう。できればいくばくかの食料ももたせてやろう、と。そんなことを考え終える間もなく、老ネズミが飛びかかってきた。父ネズミが身をひるがえし、老ネズミの背後に回り込み、首の後ろを噛み切るまで、あっという間の出来事だった。死体をくわえ、外まで引きずって行き、すこし離れた側溝に投げ落とした。どさっという音がして老ネズミの死体の半分は側溝に生えた雑草に隠された。すぐにいろんな種類の虫がこの死体を解体するはずだ。蟻や、見たことのない昆虫たち。彼らの仕事は早い。カラスは……。近頃のカラスはこんなものは食わなくなった。

父ネズミは来た道を戻った。細い血の跡がうっすらと続いていた。赤黒い轍を辿りながら、自分たちの安全を思った。家族は平穏に暮らせている。外の世界はこんなにもひどいのに。棲み家へ戻り、母ネズミにくっついて怯えている子ネズミの元へ歩いて行き、三者で寄り添った。

この部屋への人の出入りはだいたい朝のうちに一回と、閉店後に一回。今日は夜まで人間は来ないはず。窓はないので誰かがドアを開ける時の外からの光で、今日の天気や気候を知ることができた。今日は晴れ、やわらかい光にあふれている。今朝、人間がドアを開けて漏れ入ってきた光が、今日の繁栄と栄光を伝えていた。午後になったら、今日は早めに食料を探しに行こう。いつも通るコースで、すばやく、丁寧に。何よりも、安全に配慮して。子ネズミはまだすやすやと眠っていた。

目を閉じるといろんな模様が見える。彼女はその模様をたどるのが子供の頃から好きだった。明るい光を見た直後に目をぎゅっと閉じると、ぴかぴかした斑点がたくさん動く。それは視界をとめどなく動き回っている。視界から消えてはまた生まれ、動き回って消えてゆく。夜、ベッドに入って目を閉じたときに見える格子模様。それはそのうち細い黒い線になる。このような模様がまぶたに浮かぶことのメカニズムを彼女は理解していなかったが、自分の力でもその形をある程度コントロールしているのだろうとは思っていた。光の残像と心が共同作業で映し出す模様だと。

ブラックコーヒーの黒い水面にある光は、透明でやさしくて好きだ。ちゃんと見ると鏡のように全てをくっきりと映し出している。この部屋のやわらかな光の全てを吸い込んでそこにあった。そっと覗き込むと自分の顔が映った。きょとんとした見たことのないような表情だった。そのとき突然、その世界が大きく揺れた。光はいくつもにちぎれ、カップのふちにそってぐるっと回った。上司が足を組み替えるとき、テーブルにつま先をぶつけたのだ。スマホから目を上げることなく、「失礼」と上司は言った。

上司がこのシチュエーションにもう飽きてしまったのが、彼女にはわかっていた。でも上司はそんなことで人を急かすような人ではなく、自分が先に食べ終えても必ず「ゆっくり食べてね」と声をかけてくれた。いい人。彼女は目を閉じた。黒い線がまぶたに映り、やがて光の中で分からなくなった。目を開け、カップを持ち上げ、コーヒーを飲んだ。

予感があった。半年ほど前に生理が少し遅れたとき、妊娠検査薬でチェックした。陰性だった。その証拠に、すぐ後にちゃんと生理が来た。恋人にはそのことは報告はしていなかった。予感があった。次の生理がまた遅れるんじゃないか。「妊娠したみたい」と恋人に伝える自分を何度も想像してみた。そしてそのときの彼の表情を。まずは驚いた顔をするだろう。

そこに嘘はない。そりゃそうだ。まだ甘えん坊の少年のような男が、ある日突然子供を持つことを宣言されるのだ。まさに青天の霹靂。びっくりして、戸惑うような、怯えたような目の少年。でもすぐ後に、彼は静かににっこりと笑って、こう言うだろう。

「おめでとう」

いや、違う。

「ありがとう」

または、まだそんな観念的な言葉の前の、

「本当⁉　嬉しい！」

かもしれない。

いや、「最高」でも「やった！」でも「マジで⁉」でも「やばい！」でもなんでもいい。彼はいつもの笑顔を見せて、そんなような言葉を口にするだろう。

コーヒーを飲み終えて、カップをソーサーに静かに置く。カチッという微かな音。目を閉じる。黒い線。こんどはどこまでも続いている。

支払いは上司がした。領収書とお釣りを受け取っている上司に、「ごちそうさまです」と頭を下げる。上司はにっこり笑って「おいしかったね」と言った。彼女も「とってもおいしかったです、カルボナーラ、久しぶりに食べました」と応えた。彼女の発する言葉に宿るその純粋さ、前向きさ、リズミカルさ。だれもがそれを知っていた。彼女を知るということは、そのことを知るということでもあった。恐れのない、ためらいのない笑顔。その笑顔を。


「オレは会社に戻るけど、きみは?」

「私は、ちょっと薬局に寄って戻ります」


日差しの中、彼女は歩いた。そこに大型のブルドーザーが突っ込んだ。通りに面した広い工事現場。そこでは小学校の建設が進んでいた。張り巡らされた柵を壊し、ブルドーザーは飛び出してきた。警備員もどうすることもできなかった。一瞬の出来事。彼女の体はタイヤの下敷きになり、即死した。潰れた遺体から血があふれた。血とともに臓器やあらゆるものが、夕方の公園に忘れられた野球の道具のように放り出された。その中に白いものが混ざっていた。

瞬きする間もなく、彼女は人間を構成しているただの使えないパーツとなった。

現場周辺は大騒ぎになった。パトカーが何台も急行し、遅れて救急車が到着した。野次馬が集まり、非常線が張られる。ブルドーザーの運転手は健康状態に問題を抱えていた。日が暮れるにしたがい、事故現場とそれを取り囲む人は少しずつ減っていった。同時に、原因の整理や、結果に対する処理も進んでいった。しかしブルドーザーが紙でできたおもちゃのように柵を壊すのと同時に、三匹のネズミも轢き殺していったことは、だれも知らなかった。

彼女が死んだ時、上司は歩きながらタバコを吸っていた。ここは路上喫煙禁止地区なのに。そして晴れて雲のない冬の終わりの空をそっと見上げた。

怪力の文芸編集者×誰も映っていない
（朝吹真理子 remix）

中原昌也デビュー二十周年を記念して、本が発売されるのだときいた。そのなかで、中原さんの小説を好きなようにカットアップして、新しい作品をつくりませんか、というお誘いが編集者Iさんより届いた。私は中原昌也の作品が好きなので、光栄なことです、と平身低頭して、すぐにご返事を書いた。

　膿が目に入って目が見えにくくなった男の話が
　異様に好きなので、
　全く同じ内容を書いてみようかなと思いますが、いかがですか？

メールを送ってから、数年前、吉祥寺で開催されていた爆音映画祭で中原さんが無声映画「戦艦ポチョムキン」に音楽をつけていたことを突然思い出した。階段を転がる乳母車がうつっているときに流れていた長く伸びた音が忘れられない。あれはなんの音だったんだろう。

人の声？　よく覚えていない。私は閉所恐怖症なので、映画館に行くと動悸がしてしまってほとんど映画がみられないのだけれど、めずらしくぜんぶみられた。中原さん、ぜんぜん会っていないけれど、元気かな。「膿が目に入って視力が落ちる話」のタイトルを思い出そうとしたけれど、思い出せなかった。さいきんだいたいのことが思い出せない。たしか『ユートピア２０１０』という本のなかの短篇だった気がする、と思った。とにかくこの短篇がとても好きで、いっとき、何度も繰り返し読んでいた。コンビニで、とある男が、エロ本を読みふけっていて、その男の首もとには、ぐじゅぐじゅに膿んだ緑色のできものがあって、あまりにもきったねえできものだから、思わずみてしまうと、できものがはじけて、汁がぴゅっと飛んで、目に入って、視力がちょっとだけ低下する。そういう話だった。名作だ。

本をみたらすぐ話のぜんたいもタイトルも思い出せるはずだ。そう思ったけれど、いま住んでいる家には、中原さんの本がない。去年引っ越しをしたときに、実家に本をまとめて置かせてもらっていたから、いま住んでいる家には住み始めてから買った本しかない。明日実家に行って探そう、と思っているうちに一ヶ月くらい経った。実家にはしょっちゅう行っていたのに、その部屋に入らなかった。そのうえ、親知らずが腫れたり、歯ぐきがぶよぶよになって血が出たり、抗生物質を飲み過ぎて下痢をしたり、いつまでも膿み続ける右下の半埋没智歯を抜いたりしているうちに、時間が経った。クソッ抜けねぇ、と歯医者がキレていた。

麻酔も効かなくて、膿んでるからもうちょっとくらいはがまんして、と言われて、三十四歳にもなって、くちをあけるのが怖くて泣いた。親知らずはまだ治っていない。だから二十五歳までに抜いた方がいいんだ、と歯医者には言われた。そんなこと三十四歳の私に言っても無駄だ。ぜんぶ横向きに生えていて、まだあと三本も残っている。

本棚の列ごとに袋にいれて運んだのをおぼえている。だから、中原さんの小説は全部まとめてひとつの紙袋に入っているはずだった。湯浅学さんの本もたぶん同じ列にあったからいっしょに入っている。本棚の中央の下段にあった。北海道みやげの、木彫りの鮭をくわえたクマの置物と、友達の娘がなぜかこさえた、プーチン大統領がプッチンプリンになったイラストのプーチンプリンバッジをその棚にはいっしょに並べていた。それはおぼえている。

実家に帰ると、干し芋をあぶったり、録画していたドキュメンタリーをみたり、父母ができない二匹いる猫の爪切りをかわってしてやったり、猫の毛を撫でたり、猫の尻のにおいを嗅いだり排便のチェックをしたりしていて時間が過ぎた。いっこうに本を探すことができなかった。

最近、私が読書をしているすがたをみたことがない、と夫に言われた。私は昨年から、友人の影響でとあるコンテンツの二次創作に片足をつっこんでいて、開業医と社畜とホストが手を組んでラップバトルをし、社畜とホストは幼なじみでかつ同棲しているという設定のB

L小説や漫画のpixivをみるのが日課になっていて、たしかに紙の本を読むことは遠ざかっている。画像をみているときにふと中原さんの小説のことが頭によぎる。中原さんて、そういえば『嫌オタク流』っていう本を出していたよな、きもがられるだろうな、と思いながらも、時間がひたすら経ってしまう。締め切りが近づいても、pixivがやめられない。開業医の先生が秘密の座薬をくれる話とか、そういうことばかり妄想してしまう。中学生のころネットでBL活動をしていた身としては、十数年ぶりの同人活動は隔世の感があって、私が中学生だった、二〇〇〇年代のはじめは、掲示板で同じカップリングの友達を探したり、表向きはファンサイトなのだけれど、よく探すと隠しリンクがあり、サイト管理人が出す推しカップリングのQ&Aにこたえて、管理人に選ばれし者だけが、隠しエロサイトに入れるようなしくみだったから、pixivですんなりカップリングを検索できて読めたときは、めまいがした。

締め切りが迫ってくるから、ついに中原さんの小説を探し出さねばならなくなった。実家の書庫は、いまは父親のギター工房を兼ねている。工房というときこえはいいけれど、ちいさなマンションの一室に簡易的な防音室をたてて、そのなかで父が図面をひいて、ひたすらギターをつくっている。壁には、のこぎりとか、彫刻刀とか、とにかくよくわからからない刃物がぶらさがっている。部屋は掃除が行き届いておらず、木の板と工具に埋め尽くされていて床がみえない。そして服に異様に木くずがつく。よくわからない工具が壁一面に吊されている。その木材にまざって、私の本が紙袋に入って天井まで積まれている。そばには、ギターの塗装のためのエアコンプレッサーがある。

木材は、メープル、アルダー、マッチレス、ホワイトアッシュ、スワンプアッシュ、マホガニー、ハカランダ、バスウッド、よくわからないけれど鉛筆で材木名が書かれてある。どれにもSMと文字がふってあるけど意味がよくわからない。父親が私の後ろにくっついてきて、頼みもしないのに、木材の話をしはじめる。このさ、スワンプアッシュは、ルイジアナあたりの沼地にはえている木で、ちょびっと柔らかいから、加工しやすいぶんアッシュらしくないわけ。かったーい音にはならないの。あ、そうなんだ。とにかくいまは中原さんの小説を探すから、そっとしておいてほしい。足をぶつけて中をのぞくと、ダンボールのなかにロブスター研磨紙というのが大量に入っていた。海老のマークがついている紙やすりで、100、180、240、320、番号順に入っていた。バンドソー、ボール盤、起動しないような古いパソコン、音楽用キーボード、天井にも防音マットが垂れ下がっている。現代詩手帖がまとめて入っているチェック柄のビニールバッグ。木の板が足に擦れると地味に痛い。はやくこの部屋を出たい。床は、きくず、きくず、きくず、きくずだらけ。くしゃみが出る。振り返ると、父が、手伝おうか、と言っている。父はいつも猫柄のTシャツをきている。

私は、天井まで積み上がっている紙袋をひとつずつ確認することにした。うえにあるものから順にもちあげておろして、なかを確認する。私が探している本は、ブルーシートみたいな色の青い本で、陰気な女の顔が表紙に描いてあって、三白眼で、黒髪ワンレンロングだった。帯は黄色。その小説のなかには「忌まわしき湖の畔で」という名前の短篇も入っている。でも、膿の話は、その短篇ではなかった気がする。父が、手伝ってくれると言って、紙袋の山のうえにのぼり、本がぱんぱんに詰まった紙袋を持ちあげようとする。父の背中は、妙に勇ましく、フェリーニの名作である『道』に登場するザンパノを思い起こさせもしたのだが、思い起こさせるだけだった。紙袋は動かなかった。ぱぱ、危ないよ。私はそう言うのだけれど、父はもう一度紙袋をつかんだ。なあに、これくらいお手のものさ。雰囲気だけは怪力と呼ぶべき勢いや迫力に満ちていたけれど、持ちあがらない。真理子、持ちあげると紙袋がちぎれるから、やっぱりのぞいてゆくだけにしよう、と父が言った。空調設備もないし掃除されていない部屋だから長い時間いると喉も目も痒くなる。そしてこのいちばん汚い部屋を猫が好んでいつもやってくる。

猫がでてくる話だったような気がする、と私は探していた短篇の詳細をふたたび思い出した。猫ってあのいつも四つん這いでニイニイ言ってるやつ?っていう台詞があったはずだった。猫は日本語を話していた気がする。できもののある男が、コンビニで話しかけてくる話だった気がする。それで膿をみていたら、膿が裂けて、汁がふきだして、みていたひとの視力が低下する。あんなに好きだって言っておいて全然思い出せない。父は「のたり松太郎」とマジックペンで書いてある紙袋をのぞいていた。君、むかし中原さんとどっか遊びに行ってなかった？　と父が言った。そう、そういうこともあった。小説を書きはじめたばかりのころ、なんでかわからないのだけれど中原さんといっしょにオウテカのライブに途中から行ってタダ見をした。タクシー代は文藝春秋社のMさんがなぜか出していた。オーディオ狂は耳が悪い。iPhoneスピーカーで音楽きくのでべつにいい、みたいな話をした気がする。朝方ライブ会場から歩いて、SFの景色みたいだな、バラードみたいだな、と誰かが話していた。誰が。私が？　それでなぜか築地の鮨屋で鮨を食べた。あおさの入ったあら汁が、徹夜明けの身体にしみた。そのあと東京ドームの遊園地に行くのだけれど、徹夜明けの真っ昼間で、文藝春秋のMさんが耐えきれず離脱した。そんな中原さんとのわずかな思い出。父は、紙袋の山のまえで、折口信夫全集をそういえば探していたのだったといいはじめて、気合いを入れて、ふたたび紙袋を持ちあげようとする。

山と格闘して、ふたたび時間が過ぎていて、Iさんから切羽詰まったメールが送られてきた。

『ニートピア2010』を何度か読み直してみたのですが、「膿が目に入って目が見えにくくなった男の話」が見つけられませんでした……。私が読み違いしているかもしれないと思いつつ、念のため原本をお送りいたしますので一度ご確認いただいてもいいでしょうか。お手数をおかけして恐縮ですが、ご検討いただけますと幸甚です

家に帰ると、美しくビニール装幀された、『ニートピア２０１０』が届いていた。ああ、「ニートピア」だった。そうだった。そう思ってページをめくると、「誰も映っていない」という短篇が、わたしが心から愛してやまない短篇のタイトルだったことがわかった。ここから心機一転、カットアップをして新しい作品を書きたいのだけれど、時間が経ちすぎていて、できない。

『待望の短篇は忘却の彼方に』文庫版あとがき
（三宅唱“小日本”remix）

男は何も考えない。何も感じない。
夜空の星を見上げ、それが美しいとは思わない。
雲ひとつない青空を見つめて、その果てしない空虚さに、何の畏れも感じない。
公園で遊ぶ子供や子犬などに、「カワイイ!」などと心奪われることもない。
ただ物体があり、空間があり、光がありもしないものの姿を照らすだけ?

*

男には過去がない。
男の父は転勤族だった。転校と引越を繰り返し、友達づきあいは結局そのときかぎり、どこかの街に地元意識があるということがない。先輩も後輩もなく、なんのしがらみも利権もない。郷土愛も、愛国心もない。

ただパスポートがあり、出身校があり、履歴書の空欄が埋まるだけ。

今でも胸が疼くようなセピア色の初恋の思い出も、周囲が眉をひそめるようなとっておきの武勇伝も、黒歴史のような失敗談もない。

暮れなずむ街角であのメロディーを耳にするたびに蘇る、ささやかだけどかけがえのない思い出にひとり浸るようなこともない。

過去の何一つの出来事も現在には結びつかず、物語も歴史もない。それに近頃、男は少し忘れっぽい。年のせいで酒に少し弱くなり、だれかと飲んでいても、ちょっとトイレに行っている隙に今この店でだれと話していたのか名前を思い出せない。

男は過去を振り返らず、悔いのない毎日を生きている。自らの行いを反省する習慣もない。年間ベストを発表したり、レストランを星で採点したりしない。

男はただ一度きりの今を、不断の瞬間を生きているだけ。

「俺に過去はない」と岡本太郎も言っている。

*

男にはなにか目立った長所があるわけではないが、特筆すべき欠点もない。

やや身長は高いほうだがいくらか猫背であり、痩せているわけでも、極端に腹が出ているわけでも、筋肉質でもない。

多少の酒とタバコは嗜むが、ギャンブルやクスリはやらず、支持政党、宗教、アレルギー、逮捕歴なし。趣味の欄には映画鑑賞と書くがパンフレットを買ったことはない。YouTubeは見るがCDはもう何年も買っていない。アンケートには「3どちらとも言えない」に○をつけることが多い。たいていのことは世間の流行に従う。

*

男は何も感じない。

他人に誤解されても気にしない。

自分のことを話すのは好きではないし、人にどう思われようが気にならない。面と向かって悪口を言われれば少しムッとしないこともないが、すぐに忘れてしまう。自分自身への興味は薄く、同様に、他人のゴシップや噂話にも無関心だが、そのおかげで地雷を踏むこともない。高齢の著名人の死にいちいち驚かず、子役タレントの現在の姿をみて時の流れに感じいらない。ジェネレーションギャップに躓かない。人を見た目や年齢で判断せず、人の失敗を笑わず、えこひいきをせず、義理人情を重んじず、自己犠牲を賞賛しない。人の名前をあまり覚えないが、例えばひさしぶりに再会をしてうっかり名前が出てこない場合も取り繕おうとせずに名前を聞くのでむしろ相手には好感を持たれるケースの方が多い。

＊

男は何も感じない。

男が何かを感じているとすれば、それは引力である。

しかし、最近の東京は引力が弱まっている。断面図で考えればすぐにわかるだろう。あの地下鉄網や地下街のせいで、いつまでも終わらない工事のせいで、地面のすぐ下では大きな空洞が日に日に膨らみつつある。それにあの巨大なビルの数々。物理的に誰もが地に足がついてないのが東京だ。

しかし、男は毎日自らの足で階段を登り下りしている。なぜなら男の住む4階建てのマンションにはエレベーターがないから。5階以上の建物にはエレベーターをつけると法律で決まっているから。

＊

男にはこれといって本音がない。

それゆえに、大きな嘘をつくこともない。

相手が欲しそうなことを答えるだけ、求めていそうな言葉を口にするだけ。聞かれたことを煙にまかず、謎めいた人物を演出することもない。男には秘密がなく、口は堅い。男には悪意がない。

相手が安心するようなちょっとしたユーモアを忘れることもない。フランクで、愛想がよく、礼節をわきまえる男。

そのおかげか、男を嫌う人はいない。むしろどちらかといえばモテるほうである。思春期以降これまで恋人がいなかった期間はほぼなく、たとえ遠距離になろうとも一度として浮気したことがない。人肌恋しい季節に身をよじるような孤独感に苛まれて眠れぬ夜を過ごしたこともない。

友人が好きだと知れば、まるで空気のように自然に譲ったことも数知れず、元恋人の結婚報告にいいねも押す。

男は妄想しない。人を疑わず、勘違いせず、邪推せず、陰謀論に振り回されず、浮気の兆候にも気がつかず、勝手に他人の携帯を盗み見ない。

それゆえに修羅場を経験したこともないが、結婚歴もない。あまりの嫉妬心のなさに、いつも勝手に相手が不安を感じて心を病み、別れを告げて離れていく。手料理の味付けに文句を言ったこともないが、あまりの好みのなさに相手は手応えを感じない。

男には独占欲というものがない。そもそも所有の概念が薄い。国家や民族が領土をめぐって今も争い続けている理由を理解しようと考えたこともない。タクシーの運転手の外国人旅行者に対する愚痴には応えない。外国の街角でタバコをくれと手を差し出す者を断らない。タバコはマルボロアイスブラスト8ミリ。燃焼材のおかげでメンソールの効きが強く、パッと吸い終わる。アメリカンスピリットは時間ばかり食う。

*

男には夢がない。目標がない。

新年の抱負も立てないし、おみくじを引いても一月末には中身を忘れている。

地位や名誉を求めず、大きな野心を抱いたこともない。

だが、男はよっぽどのことがない限り仕事を断らない。周囲にいらぬ迷惑や心配はかけない。

メールはすぐに返信するし、請求書もすぐに発行する。急なリクエストにも応える姿勢が取引先に評価されてもいる。集団を率いらないがグループの足も引っ張らない。結婚式の挨拶や保証人を頼まれれば引き受けるし、客引きに声をかけられればものは試しと一度入ってみたこともある。当店一番人気の愛ちゃんは中島美嘉似、一番綺麗な私を抱くのはあなたです。

*

男は誰にも相談しない。他人に甘えない。

弱音を吐かず、愚痴をこぼさない。

天候や気圧に左右されて気分が浮いたり沈んだりしない。

心の痛みはきっと大事なものだから、ちゃんと自分で痛みを感じていたいから、友達にも家族にもあまり話さないようにしているというわけでもない。

男は何者にも期待しない。

神にすがらず、仏に祈らない。同級生だと名乗る人物が熱心に勧めてくるシャンプーを買うこともないし、組織票にも加担しない。公共放送の加入届も書かないが奨学金の滞納はしない。

*

男の心の奥底にはひとかけらの暴力衝動もないし、うちに秘める熱い信念もない。

男は他人に深く共感することもないが、なにかを差別することもない。

他人にへりくだることも、他人を見下すこともない。

何も恐れないが、一線を越えることもない。

深刻になりすぎず、軽薄なふりをしない。

投票も欠かさないが、批判意識で怒りにも震えない。

常識を疑わない。変革を求めない。不正や理不尽と闘わない。逆らわない。

身の丈以上の夢を追い求めて人一倍の努力をしないから挫折と絶望に打ち拉がれて無駄な散財ややけ食いをしない。自分に小さなご褒美をあげてモチベーションを保たない。

カラオケで周囲を辟易させるような選曲はしない。海外限定モデルのレアスニーカーは存在自体知らないし、XL以上の服は着ない。アマゾンの奥地や無人島を探検するサバイバル精神あふれたテレビ番組に憧れてアウトドア用品店でコーヒーカップを新調しない。自己流のヨガも始めないし、夜9時以降のラーメンもやめない。

男は特に何も考えていない。それでも死なずに生きていける経済的に成熟し切った時代にたまたま健康な肉体を持つ人類の一人として生を受けたことにわざわざ感謝しない。

*

『待望の短篇は忘却の彼方に』文庫版あとがき
（三宅唱“小日本”remix）

そんな男に、今月最大の危機が訪れる。

「とある作家の小説をリミックスして何か書け」という仕事の依頼を受けたものの、男は何のアイデアも思い浮かばない。

男には今すぐに世間に訴えたいことも、未来の見知らぬ人々に書き残しておきたいこともない。

しかし締め切りと文字数はなるべく守りたい。

男は小説がわからない。

小説とは一体なんだろうか?

ヒントを得ようと手に取った『待望の短篇は忘却の彼方に』の文庫版あとがきには、

「文章を書くというのは、ゴミのような戯言たちを、取って付けたような脈絡と整合性で繋ぎあわせただけの、見窄らしいボロ切れだ。そんなものを、大層な旗のように掲げる連中の気が知れない」

とある。

男はそのあとがきを暗唱できるほど繰り返し読んだが、わかるようで、よくわからない。

手がかりを求めて外に出るが、この街には特別目に止まるものがあるわけではない。

いつもと変わらない風景。

何の変哲も無い日常。

いつのまにか空き地になった場所にかつて何の店があったかは覚えていない。

石段の隙間から顔を出す草葉の周りを飛ぶ蝶々の行方を目で追わない。

雨に濡れたアスファルトを照らすヘッドライトのさざ波に気がつかない。

夜空の星を見上げ、それが美しいとは思わない。

雲ひとつない青空を見つめて、その果てしない空虚さに、何の畏れも感じない。

公園で遊ぶ子供や子犬などに、「カワイイ!」などと心奪われることもない。

目の前で死ぬ人がいても、死人の過去などに思いを馳せない。

自分の死であっても、誰も関心を持たないように願うこともない。

ただ物体があり、空間があり、光がありもしないものの姿を照らすだけ。

そうとでも思わないと、逆にすべてが本気で悲しくなってくるから、というわけでもなかった。

あまりにも自分の生きている現実は、残酷で無慈悲で、愛などどこにもなく、救いがない、と思うほどの絶望を知っているわけでもなかった。

男ははじめて自分には何もないことを悟る。

無、という言葉で表現するほどのこともない、入れ替え可能の安価な労働力。

そんな男に何が書けるのか。

『待望の短篇は忘却の彼方に』文庫版あとがき
(三宅唱“小日本”remix)

男は動揺を抑えるべく珈琲を飲もうと湯を沸かし始め、新年早々これは徹夜になるぞとライターに火をつけたちょうどそのとき、男と同様の依頼を受けた知人のラッパーからメールが届く。ラッパーははじめて小説を書いたという。

書き終えたので試しに読んでみてほしいと添付されていたテキストファイルを読みはじめてすぐに男の頬は何度も緩み、その才に羨望と嫉妬の声を出して何度も唸った。

男がふと我に帰ったのは、書きかけていたいくつかのメモをすべて丁寧に消去した後だった。灰皿には燃え殻がたまり鍋の湯はとっくに沸騰し終えていたが、煙感知器のアラームが反応しなかったことに男はむしろ強い憤りを覚え、いい加減引越しないと命がいくつあっても足らないぞと、窓から差し込んだ柔らかな冬の朝日がかすかに形作る自分の影に向かって呟いた。

男は数日ぶりに花瓶の水を入れ替え、時間をかけて両手足の爪を切るその音のリズムに耳を委ねるうちに多少の冷静さを取り戻し、昼になるのを待ってからラッパーに電話をかけ、感想と労いの言葉を伝え、電話を切った。数分の沈黙ののち、男は再度ラッパーに電話をかけ、小説の書き方、その秘訣を率直に尋ねた。

「出だしさえ決まれば書けるっぽいですよ！」

鳩嫌い
（五所純子 tinnitus remix）

熱に浮かされて見るのは天井くらいだ。床に横たわり、天に貼られた布を見つめる。アラベスク模様の一部が顔にしか見えなくなってきた頃、私は苗子のつっけんどんな顔相を思い出した。苗子の顔が星のように降ってくる。天はよくまちがったものを映す。

苗子はずっと前に亡くなっていた。彼女について知ろうとするなら、やはり本人に会って話をしないといけない。けれど、彼女はすでに世界にいなかった。亡くなった理由を、生前さほど親しくなかった私は知らない。

この部屋に来たとき、苗子の着ていたセーターには鳩が描かれていた。ニット地は踏み潰されたトマトみたいに赤く熟れきって、中心にうずくまる白い鳩を私はじっと眺めた。たぶん鳩だった。視線のぶしつけさに耐えかねたのか、苗子は言った。

——これは鳩じゃないの。フツーの鳥なの。

それ以上、説明してくれなかった。苗子は鳩という言葉をおそるおそる発音して、これを鳩だと認めてしまえばセーターがばらばらと崩壊してしまうような口ぶりだった。それに比べたら、鳥だと主張する声にはいくぶん張りがあった。フツーの鳥、と言った。普通の鳥とも、不通の鳥とも聞こえた。私はどちらでもよかったが、人と目を合わせない苗子には、不通の鳥のほうがふさわしい気がする。

通じない。伝えても届かない。送信するのは勝手だが返信されることはない。伝書鳩がルートの途中でぼとりと墜落するみたいに、私はいつも苗子の手前でがっくり挫けた。べつに彼女を物欲しげに見たつもりはない。粘つく視線を絡ませ合いたかったわけでもない。だが、苗子の壁としての意志は強かった。きっと私だけではないだろう。どれだけの人が苗子に目を配り、目線を投げかけ、目と目で通じ合おうと試みたことか。いくつもの眼が両翼を羽ばたかせては落下して、苗子の前には鳩が死屍累々と転がっていた。

——鳩がそんなに嫌いなの。

私の問いに、苗子は眉間に皺を寄せただけだった。

川沿いのコンビニで苗子を見かけたことがある。Tシャツから長い腕がホワイトアスパラのように伸びていた。猛暑の夏がようやく終わるという時期で、昼間は石の裏に群がる虫さながらに涼をとる客でひしめいていたが、夜中になるとLEDが陳列商品をひとしく照らすばかりで人の姿はまばらだった。ミルクティーとチーズ味の煎餅を抱えたまま、苗子は単三電池にするか単四電池にするかで迷っていた。店内には私と苗子と店員しかおらず、声をかけようかと足を踏み出したが、やめた。私が見ていることを彼女は知っていた。知っていて彼女は見られていないふりをしていた。単三電池を手に取り、棚に戻し、つぎに単四電池を取り、戻し、ふたたび単三電池を取って、苗子はレジに向かった。袋を分けますか、という店員の問いに、苗子は無言で首を振っただけだった。

店員は手を滑らせて電池を落としてしまった。ごつんとレジ台が重たく鳴って、鼓膜よりも頭蓋骨に響いた。スミマセン、スミマセン、スミマセン、と店員は頭を下げながら電池を拾い上げたが、また落とした。拾い、落とした。単四電池であればもう少し軽妙だったろうに、たった数グラムの重量差が店員を鈍くさせ、頭を割る。私にはわからないが、苗子には単四でなく単三でなくてはならない事情があったのだろう。電池はしばらく落とされ続けて袋にしまわれた。苗子が出ていってからも店員はスミマセンを連呼していた。ウッドストック・フェスティバルのオープニングを飾ったというフォークソングが流れていたが、それは新進気鋭の俳優が歌うカヴァー版で、ほとんど原型をとどめていなかった。フリイダム、フリイダム、フリイダム、とくりかえされるところは似ていた。

——それで、鳩がそんなに嫌いなの。

もういちど問うた。私は苗子が見ていないのを知っていた。知っていて、私は彼女が見ているのだというふりをして、鳩のいそうな窓を指さした。

鳩を毛嫌いする人の気持ちはよくわからない。だからといって、鳩が好きかと誰かに訊かれたら、大して好きではないと私は咄嗟に答えるだろう。鳩となにかしたい欲求がないから、とくに好く理由がない。鳩になにかされた記憶もないから、とくに嫌う理由もない。

こういうときは鳩を描けばいいのだ、と美容師の息子が隣りの子に囁く。耳打ちにつぐ耳打ちによって、皆がこぞって画用紙を鳩で埋める。私と鳩の接点といえば、小学校で描いた平和教育のポスターがせいぜいだ。クラスには二十五名の生徒がいた。ひとりあたり何十羽、いや、何百羽の鳩を描いたかわからないが、地球上に四億羽いるというドバトの量には満たなかったと思う。いよいよ増殖する鳩は二十五枚の画用紙を飛び出し、机、椅子、床、壁、天井など、目につく所はことごとく鳩で覆われていった。教壇の上に掲げられた個性育成という標語も塗り替えられた。ふりかえってみれば、細々と鳩ばかり描くのでなく、主役級の鳩を設定して壮大なドラマを仕立てるなど工夫ができただろうに。鳩を無数に描くというより、同じ形を反復することに熱狂したのだからしょうがない。早い段階で担任教師あたりが止めてもよさそうなものだが、止めなかった。集合壁画としてコンクールの特別賞を狙おうと言い出した教頭については、さらに誰も止めなかった。結局、その絵が受賞することはなく、一級下の不動産屋の娘が最優秀賞をもらっていた。白い部分が鳥に、黒い部分が魚に見えるという、騙し絵だった。紙はよくまちがったものを映す。

——この部屋は耳鳴りがするね。

鳩のいそうな窓を見ないまま、苗子が言った。私は窓を指さしたままだった。それきり会話がなくなった。

そんな他愛もないやりとりの、しばらく後に彼女の訃報を耳にした。電話だった。着信音はエーデルワイスだった。

耳鳴りがするという彼女の言葉はとげとげしく批判めいていた。苗子と私は同じコンビニを最寄り店として使っていた。同じエリアに住み、同じようなワンルームマンションを借り、同じように単身生活をしていたにちがいない。それなのに、私の部屋だけが耳鳴りを発生させるというのは道理に反している気がする。苗子の部屋で耳鳴りがしなかったという確証はないのに。いや、苗子が近くに住んでいたかどうかもわからない。ワンルームマンションだったとも限らない。単身生活でなかったかもしれない。私がそう思っていただけだ。

わずかな時間に少し触れ合っただけだったが、確実に私とは違った感覚のなかで生きてきた苗子が、この部屋をどのように感じたのか、死んでしまったがゆえに知りたくなった。だが、どんなに願おうとも、それは永遠に知りえない。突き詰めていえば、彼女がまだ生きていたとしても、この部屋をどのように捉えていたのか、正直に語る保証もない。また心中にあるものを正確に伝える技術が苗子に具わっていたのかどうかも、いまとなってはわからない。

冷蔵庫が鳴る。低くうなだれるモーター音に起こされて、私は水分を補給しに立ち上がった。

視線を感じて、窓の外に目を向けた。

窓の手すりに鳩が留まっていた。たぶん鳩だ。鳩はせわしなく頭部を細やかに動かし、私に視線を向けていないふうを装う。けれど、私が見ていることを鳩は知っている。知っていて鳩は見られていないふりをしている。

鳩の存在に気がついてから、三百秒近くが経過していた。先ほど視線を感じたことなど、すでにどうでもよかった。所詮、ただの気のせいであったのだろう。時計でさらにもう三百秒過ぎたのを確認して、視線の気配からきっちり六百秒たった頃合いを見計らって、ふたたび窓の手すりに目を向けた。鳩は手品のように跡形もなくなっていた。かといって、得意気にポーズをとる手品師がいるわけでもなかった。拍手喝采をする観客もいなかった。種も仕掛けもなかった。窓はよくまちがったものを映す。

——それで、鳩がそんなに嫌いなの。

実際のところ、私は自分が鳩が嫌いなのか好きなのか、まだよくわからなかった。鳩を模したおとなしい置物なら、とりわけ躊躇することなく、靴箱あたりに置いてもいい。もし鳩の剝製が日用品店で安価で売られていたら、私はどうするだろう。見て見ぬ振りをして、買わない。あるいは鳩をわざわざ剝製にするような奇特な商売があるのなら、その希少性に敬意を払って、一つくらいなら買ってもいいかもしれない。

雨音がする。ばさばさと慌ただしく降りだす雨に破られて、窓を開けた。外気を肌に浴びて、解熱剤を飲んだみたいに体が冷めていく。

手すりに硬貨ほどの染みが残されていた。湯気が立っている。まだ落とされてから間のない、いままさに乾きつつある糞だ。やはり鳩は来ていたのだ。たぶん鳩だった。見下ろすと、道路に白い水玉模様がまだらに広がっている。連中がここにも来たのだろう。

フーディーをかぶった三人の青年が広場に集まってきた。どこか外国の町だった。さしたる目的もなく、クリックしたとたん連鎖反応のように再生される映像から映像、その流れに目をまかせていたときのことだ。傍若無人を身上とする彼らは、ずしりと膨らんだゴミ袋を荒々しく引きちぎりはじめる。ときおりステップを踏んでダンスまがいの動きを披露するが、往来の人びとが目を見張るのはできそこないのパフォーマンスでなく、袋から溢れ出る大量の食パン、その土地でいうパンドゥミのほうだ。匂いを嗅ぎつけた鳩が次から次へと地上に降り立ち、その数はすぐに往来の人びとを超える。鳩の群れに取り囲まれた三人の青年はひるむことなく、隅々の鳩にまでパンが行き渡るように、投げ広げ、投げ広げては、投げ広げる。鳩はしきりについばむ。数時間の後、雨でもないというのに、突然降ってきた液体に人びとは困惑させられた。鳩が食べたのは下剤が吹きつけられたパンで、集中豪雨のように鳩たちはいっせいに腹を下していた。頭上を鳩が横切っていく。三人の青年は行方知れず。この日ほど、人間が空を見上げたことはない。空はよくまちがったものを映す。

――それで、鳩がそんなに嫌いなの。

ますます鳩のことはどうでもよくなった。自分が鳩が嫌いか好きかを考えていたのと、手すりに留まっていた鳩の存在に気がついたのと、どちらが先だったのか。いまさら検証したい欲望が脳裏をよぎったが、それもすぐにどうでもよくなって、考えるのを忘れた。

日めくりカレンダーがめくれる。風に煽られて一日が二日に、二日が三日に、三日が一日に、今日がいつだかわからない。私はどちらでもよかったが、日付も曜日も格言も揺れていた。

隣りの敷地に石森さんの家がある。換気にこだわる性分から、石森さんは季節にかかわらず窓を開け放していた。日めくりの下、食卓に座ってぼんやりとしている石森さんが目に入った。視線はテレビのある位置に向いていたが、スイッチは入っておらず、黒い画面が石森さんの虚ろな表情を反射させていた。あるいは歪曲収差のせいで笑っているようにも見えた。テレビはよくまちがったものを映す。

石森さんとはじめて話したのは病院の待合室だった。貰い物の鯉を食べたら胃が痛くなったという。刺身で食べるんじゃなかった、味噌汁にでもぶちこめばよかったのだ、と後悔していた。旧型テレビにクイズ番組が放映されていて、私と石森さんは眺めた。四人の回答者に赤白青緑が割り振られ、二十五枚のパネルを色とり合戦で奪いあう。赤と白の接戦で、緑と青は置いてけぼりだった。出題者の姿は誰にも見えず、声だけが問いとして分け与えられる。即座に回答者がボタンを押す。それよりもひと呼吸早く、石森さんが呟く。次の問題も、また次の問題も、誰よりも早く呟く。石森さんの口元をよく見たら、クイズに答えているのが、それも立て続けに正答しているのがわかった。私が見ていることを彼は知っていた。知っていて彼は見られていないふりをしていた。平和の象徴である鳩を国旗に描いている国は。出題者が言い終わるのを待たずに、唇が動く。その動きから私はチリだと思ったが、正解はフィジーだった。おそらく石森さんはフィジーと言ったのだろう。パラオと答えた青の回答者は起立させられた。

パラオは贋作ですよ、と待合室を通りがかった看護師が言った。看護師は私と石森さんが並ぶ長椅子には座らず、棒立ちでまくしたてる。青地に黄丸は、白地に赤丸を模したものです。ガンサク、ガンサク、ガンサクですよ。ヤパンの赤丸が中心に構えているのに、パラオの黄丸はどうですか、左にずれているでしょう。あれは羞恥心のあらわれですよ。模した人と模された人だけが真の贋作を知っているのです。ヤパンの国旗はすばらしい。なにしろ、このデザインを我が国に売ってくれ、とフランスが懇願したほどの代物ですからね。しかし、ヤパンは頑として断りました。なんでも金で解決しようとする輩はいます。それを拒絶する。立派ですよ。大事なのはオリジナルです、そうでしょう。しかしですね、ヤパン自身がオリジナルを変えてしまったことがある。赤丸を大きくしたんですよ。あれは改悪でした。ずいぶんと不評を買いました。いまではそんな事実はなかったことになってますがね。人間はあまり見すぎるとよくないんですよ。赤いものを見ると白いものが見えて、白いものを見ると赤いものが見えてくる。それが視覚の本性というものです。大事なのはオリジナルです、そうでしょう。さて、ここで問題です。フランスがヤパンに提示した買取額はいくらだったでしょう。

窓から見える石森さんは心ここにあらずで、この瞬間にクイズの問題を出されても何も答えられず、それどころか問題の内容すら耳に入らないような状態だった。

けれど、煙草を一本くわえると、煙をもくもくと吐き出した。たぶん鳩だった。鳩が悠々と飛び立てるように、吸って吐き、吸っては吐いて、吸って吐いた。喫煙の習慣がないどころか、分煙されている喫茶店しか利用しない私は、ふいに喫煙者が羨ましくなった。上昇していく煙を追って、石森さんの目が動いた。白目は赤く充血して、中心に戻った黒目は前よりも大きかった。

——それで、鳩がそんなに嫌いなの。

金属の音だ。鳩が窓の手すりに戻ってきた。たぶん鳩だ。さっきの鳩とは別の鳩かもしれないのに、帰ってきたのだと直感した。時計に視線を渡すと鳩が逃げていく気がして、目を動かさず、指を折って三百秒を数えた。鳩はいた。さらに右手の親指から左手の小指までをループして三百秒を確認した。鳩はまだいた。もう三百秒をきっちり数えても、鳩はそこにいた。

鳩に気を取られているうちに、石森さんの窓に雨戸が下ろされていた。電話をしても通じない。手紙を出しても届かない。メールを送信するのも勝手だが返信されることはない。

誰かがそこで死んでいるのかもしれない。そう思うと、ベゴニアの植木鉢も、干してある洗濯物も、新聞のささった郵便箱も、すべてが死者のものに見える。普段は人の安否などに関心がない私も、今度ばかりは不穏な空気を感じずにはいられなかった。

――突如として人が亡くなるのは稀だ。ゆっくり鳩が煙のように抜けるにしたがって、覚えていられることが少なくなって、口にする回答も出てこなくなる。やがて、生きる屍のようなもぬけの殻状態になって、最後は本物の死人になる。死んだ人と死なれた人だけが真の死を知るのだ。

私は呟いた。できるかぎり冷酷な口調を心がけて言えば、現実がそれをなぞることを知っているから。たとえ、誰ひとり聞く者のいない場所であったとしても。

排気ガスが漂う。太くうずくまるアイドリング音に断ち切られ、私は部屋を出る。

ソファの上に放り出されていたコートを羽織り、なにかを断ち切るように部屋を出た。私の持っていた上着のなかで、それがいちばん気に入っていたものであったかは、この際どうでもよかった。しいて言えば、コートとしては地味な部類だった。ポケットから海綿状に劣化した錠剤が出てきた。ナフタレンの匂いはもうしなかった。

――もう二度と、この部屋には帰ってこないかもしれない。

いつも玄関を背にして呟く台詞だった。私は呟いた。できるかぎり冷酷な口調を心がけて言えば、現実がそれをなぞることを知っているから。たとえ、誰ひとり聞く者のいない場所であったとしても。誰ひとり聞く者のいない場所であるからこそ、空白に鳴り響いて、唯一無二の現実になるのだ。靴箱の上に鳩の置物があった。

――この部屋は耳鳴りがするね。

マンションの前にいたタクシーに乗りこむ。バックミラーが運転手の引き上がった口角を切り取っている。微笑みを浮かべた運転手は私を振り返らず、行き先を訊かず、ただ黙ったままだ。私は後部座席に腰を沈めた瞬間、外出本来の目的をすっかり忘れ、まったく無目的に乗ってしまったことに気づいた。乗っていることに意味はなかった。

行き先はわからない。運転手が向かうところに、私の行き着くべき世界があるはずと思うしか、他に選択肢はない。私は彼が見ていないのを知っていた。知っていて、私は彼が見ているのだというふりをして、窓の外を指さした。さっきまで私がいた部屋がぼんやり浮かんで見える。たぶん鳩だった。

やがて、何も告げることなく、放屁するようにアクセルが吹かされた。急なアクセルによって尾骨から振動が広がっていく。わずかに尻が浮いた。運転手は右に左に秒針より速くハンドルを回すが、車は走り出さない。右に回り、左に回り、右に回って、左に回って、右にまた回り、左にまた回る。鳩には帰巣本能があるというが、私にはどちらでもよかった。車は依然として走り出さず、高速回転するハンドルから手を離して、運転手はぐるぐると右に左に止まらない。

子猫が読む乱暴者日記
（湯浅学“博愛断食”mix）

十七歳までは群馬県高崎に住んでいた味気ないビートルズのロックだったが、やがて、感謝の気持ちを見計らって一人、また一人と喜怒哀楽を読み取らせた山田の空いた席にスイッチが入れられブツブツとおしりに火をつけてしまってはいけないとの決まりについてよく判ったことだろうというハッキリした意見が聞ける筈だ。田辺さんに似合った大きなシャボン玉が無関心な態度をして少々失望させられた俺と洋子は、別に腹が弱い訳でもないのに、大きな成功を摑みたいと求人誌を眺めて大胆な行動を止めようとしなかった。

人付き合いがうまくなったような気がしたプロの美容師で新陳代謝が激しく食欲をなくさせる十分な栄養を嘘だと思う田辺さんはシャドウ・ボクシングに合わせてリズムをとっていた。漠然と田辺さんは顔の筋肉を動かさないようにメキメキ一緒に大げさな睫をつけアイシャドウを塗り、朗々と何度もハンバーグをもてあそんでいた。

不明瞭な祖母はハート型の葬式で気を遣わずに今までのいい気候を報じて職場の同僚たちをアッといわせた。目尻の皺を大変気にしていたからである。田辺さんに何度も同じ歌を空で歌ってボーッとしながら非常に面倒な事務所に連れて行くべきだという洋子を祖母は無視した。結局は、田辺さんがどことなく若い頃の自分の髪型に興味を持っているのだと医師に助言したくなるような状態だと言える。

衝動的な田辺さんいじめをカモフラージュできる、とでも思うのだろうか？　必死で辛抱強く意地悪そうな老人が皆ちょうどいい頃合を見計らって、ゆっくりと近づいてくる。欲求不満が爆発したのだ。祖母は大きな縁なしのサングラス越しに田辺さんを見つめる。

「私は所々にメッシュが入っているのがいい」

田辺さんがマイクを使って老人たちに言う。祖母の持つトータルなムードに反応した冷静な判断を必要とする脱脂状態のくせに。嘘だと思うなら、十分な栄養をきちんと摂って見栄えのいい衣装を入手してみるがいい。山田の髪型では、田辺さんのような灰色の顔をした正しい知識を身につけられないので郊外のドキュメンタリーを撮っても、目と歯が敏速に動いていた。しかし山田は人一倍負けず嫌い。洋子にも増して明るく慈愛に溢（あふ）れた猫が床に横になって、俺に話しかけてきた。

「今度の日曜日に、非番の人たちでテニスをやってみませんか？」

黒板と共に置かれた全部で八十席の椅子で白い猫が、空を灰色の雲が覆い人付き合いのうまい自分にストレスを感じるようになってしまった陰気なフィーリングを別段気にとめず、大きなあくびをした。

「もっと他人から見られているという意識を見究める必要があるな」

可愛い猫から発せられるその声は、前向きな姿勢を止めようとしなかった俺を打ちのめした。しかし、よく考えてみればファースト・フードの店でバイトでもすれば、殻を破って外へ出ようとする試みを克服できるに違いないというありがたい助言は、本物の心の交流を全て忘れて部屋で踊っても、完全に無駄な努力であった。

相手は法律のプロである。俺と洋子は缶ビールを片手に持った乱暴者の正直さも止めることができない題名も知らぬ歌を一緒に歌うことで孤独をまぎらわし、一度同じ階の二十五号室に戻った。ただの家庭の事情などではないところを、田辺さんに見せたかったのだ。つやつやとした髪で人柄まで問われることになる田辺さんは、長い年月をかけて頭の臭いをかいでしまい、静かに煙草のおしりに火をつけてしまって「自分の見た目をどうにかすべきじゃないのか」と思うのと同時に、ここで天使みたいな声で癒やされてはいけないという者たちの感謝の気持について思い出すのだ。それを例外なく、ニコニコしてゆっくりと知らぬ振りをしてよその方向を見て、毎回必ずボロボロになってしまうのだ。特に学生時代は抜け毛やフケがひどくバサバサでツヤのない恐怖を感じて人一倍よく勉強した俺は猫と目を合わせてフザケたことを言ってしまい、ダンボールの箱に入れられ、焦りと苛立ちでファースト・フードの店に運ばれて嫌らしいことが無感情な機敏さで無理矢理はかどらず、求人誌を眺めて絶望に追いつめるのが日課となった。結局はコーヒーを飲む。作られた若々しさで陰湿な性的嫌がらせにテキパキと応対する山田らの立派さに、腹が減っている訳でもないのにビクビクしているなんて情けなく、テニスなどのスポーツに初めて興味を持った。

「ポテトはいかがです」などと自分を励ましたい気持でいっぱいだった。背の高い山田が、陰気で若い仲間たちに囲まれて、死人のような表情になって話しかけてきた。

「ここから約四十キロ離れた国際的な工業地帯にいるこの猫にとって何が自然体なのか、大切にしてください」

そのありがたい腐った動物の血液を連想させる助言は、精神衛生の上で良いことにきまっているのに、俺は食欲が減退して煩わしくなった。外の様子を眺めたので極度に疲れたのだ。

本物の心の交流をそつなく振る舞っているだけで、俺とガンジーはまともに話したことのない友達になった。

「東洋人のくせに金髪なのが好き」

というハッキリした意見が聞ける筈だ。マザー・テレサは、自分の髪型を余りにも粗末に扱い過ぎていた。これはまさに醜男（ぶおとこ）の美容師でなくとも、偏食や朝食を抜いたりする博愛が原因なのかもしれぬ、と助言したくなるような髪型に目がいって激しく食欲をなくさせるものが他にあるだろうか、と想像し、田辺さんと山田は本当に悲惨な髪になることがよく判った。

いつも仕事から解放されると勝手に助走をつけて断食をもてあそんでいたガンジーの正直

さは一メートル五十センチぐらいで、白いペンキがはげかけた愛猫家向けヴィデオの撮影所のすり切れた茶色の絨毯の間が高価な背広を着たいかにも裕福そうな中年男の姿を想像させて、衝動的な弱い者いじめを、必死で辛抱強く我慢した。どこからか言葉が聞こえてきた。親近感を覚えずにいられない田辺さんの為なら、老人のおせっかいも仕方がなかったのだ。

長い年月をかけて決死の覚悟でガンジーは田辺さんのところまで直接来て耳打ちした。

「不自然なんだよ、お前のやり方はフフッ」

虚空に向けて、やけに軽快であるのを感じ、握りしめた拳を振りかざしても不思議ではない。人前では他人の目を気にして何もできないのに、この暗い部屋の中で、俺は嗜虐(しぎゃく)的な性格を我慢し切れなくなって足や腰も動き出し眼鏡をかけた真面目そうな奴が何やら陰気なことを考えてるぞ、としみじみ思うのだろうか？　ガンジーの断食に対しても、田辺さんは人付き合いがうまくなったような気がしたが、細部までメモ帳のボールペンで書き取って、なかなか自分の気持を表わすことはせず、ここ半年というもの、以前にも増して俺を無視した。

ワシントンの異様な容貌もまた髪型が最も重要な部分ということになる。俺は生まれながらのピザの配達者の博愛を止めることはできない。マザー・テレサの暴走が冷酷に出っぱっていた。

就寝。

『中原昌也 作業日誌 2004→2007』（やくしまるえつこ“type_ナカハラ_BOT_Log” remix）は、オリジナルのテキストデータのみを用いて構築されています。表記の揺れや誤植もオリジナルに準じます。

遭遇。「カワイイなあ」と頭の中で呟いてから写メを撮ってみる。
（というわけで、今回の分で誠に勝手ながら最終回ということにしてください）（←嘘）

8月31日

朝、アナログの音声メッセージが届いて起こされる。いつもより気候が安定して暖かく、ウトウトと二度寝。

昼過ぎに起きて、生産性ポイントの査定がてらコンビニでサンドイッチとコーヒーを買い、それを家で食べながら、可愛い生き物やぬいぐるみのサイトを見て癒される。ついでに朝届いたアナログの音声メッセージの再生機器を検索してみたら…「該当なし」とのこと…そんなものはどうやら存在しないらしい。とはいえ何か救われたような清々しい気持ちになったのは確かなのだが。

夜の8時、クラスメイトと待ち合わせ。もちろんペンタゴン前。時間があったのでタワー2にも寄ってみるが、ブラック・マーケット版『番号スタンプ押し』は見つからず。その後、怪獣船に乗って新しくできたレストランへ。ミートスパゲッティを食べる。海が近く、心地よい風が広い店内に入る。帰りにモハメドくんと卍さんを見かける。

ゾンビ工場の事故も、宇宙からの警告も嘘のように穏やかな街並みに、「最近建造された巨大空気清浄機のおかげかな」と話すクラスメイトと別れ、12時前に帰宅。

余計なことを考えないように、薬を飲んで毛布にくるまって携帯がさらに受信不能になっており、かといって、電波を買うポイントもない。

とても暗い気分になる。引っ越したい。

18月2日

ある女の子の夢を見てた。女の子は〈シャフーナム〉という名前で、ただひたすら残酷で無慈悲なだけの世界を滅亡の危機から救うために懸命に戦いを続けていた。しかし女の子は充電しないと動かないのが判明。僕はポイントを生産し続けるロボットとなって彼女のために電気を買おうと思うが、ロボットになったせいで自分も電力が必要になり、充電切れで動けなくなっている間に、人類は勝手にくだらない滅亡を遂げる。

こんなことさっさと終りにして、何か他のことをすべきだ。システム変更して清々しい（健康的でさえある）エンディングを設定。

14月4日

やばい。やばい。やばい。

突然ですが、世界が滅亡することになり（理由は不明）、もう特に何もすることがないので、皆さん、大切な人と最後の時間を過ごしましょう！

僕はどこぞとも知らぬ人の家で犬と猫が仲良くしているのを見て和んでいたら、奥から昔飼っていた犬が何故か猿の着ぐるみで登場し、抱き合って思わず涙が溢れ出る。

家の近所でものすごいスピードで移動するパンダとウサギに

トと交換する。毛布にくるまって睡眠誘導薬を飲んで無理矢理寝る。

10月10日

朝、UNIONからのさしたる理由もない訪問によって起こされる。ポイントを使って帰ってもらおうとして、昨晩の文字数が未だ処理されてないことが発覚する。仕方ないので、1時間CM説教を受けて帰ってもらうことに。先日の侵略騒ぎで、各企業の宇宙産業が盛り上がっているようで、関連CMばかりが爆音で流れる。自分はすでに亡霊のようなものなので、遊星から飛来した物体によって人類がまるごと物体Xになったとしてもあんまり興味ないのだが。

昼はPCで一応、バイトを。

今日は特に電波状況が悪く、デュエル代理業務に影響が出る。

夜は部屋も気持ちも暗くなるばかりなので、E2－E4地区の〈轟音謝肉祭〉に。フリマで何かよくわからないアルケミー・フェアのオモチャと、ブルー・マーケット版『番号スタンプ押し』を買う。

29月5日

朝起きて、電気管理大臣に電話。通電待って二度寝。

再び起きたのは3時過ぎ。通電再開を確認してから、洗濯しに近所のコインランドリーに行く。

夕方までダラダラと自宅でバイトとゲーム。ジャンクショップで見つけたプレステ2、最高…。

今日は午後から講義だが、何万光年も離れた大学に行くためのポイントがない。大学の近くにいい物件を見つけたのに、引っ越しくじに見事外れ、出口は見つからない。どうにもならない。またそういう時に限って、部屋の電球が切れた。暗闇の中でじたばたとあがいて何もかもがメチャクチャになった。泣きそうになりながら冷蔵庫からアイスクリームマン（アイスクリームマンは裏切らない）を出して食べていると、ドアホンを鳴らす音がしたので、居留守。溶解し始めるアイスクリームマンにまた泣きそうになるのをぐっと堪え、しばらく身構えていると、いきなりドアが開き、黒服の集団に「乗れ」と言われる。廊下にはUFOが浮いていた。中から子猫型エイリアンが出てきて暖かく迎えてくれる。心の中で「そこはあの化け物じゃないのか…」とか思いつつ、子猫型エイリアンの可愛さにすぐどうでもよくなる。UFO内ではあまりの激しい揺れに酔って二度ほど吐いて爆睡。ジ・エンド。

気がつくと学校の教室。親切な宇宙人も存在するのかと反省し、マーフィー先生の授業を受ける。起こりそうなことは起こるのだと、肝に銘じる。

少しずつポイントをカンパしてくれたクラスメイトへのありがたみを糧に、やさぐれそうになる気持ちを堪えて、帰りにコンビニで生産性査定。案の定ほとんどポイントにはならず、ガッカリする。

とりあえず一方通行商店街の屋台で駄菓子を買って帰宅。暖房をつけようとして、朝、電球が切れたのではなく、送電を切られたのだと気づく。ロボットのように文字数を稼いでポイン

49 月 49 日

無情にも 4 時間で目が覚める。メインの自作 PC の調子が悪くて暴走。鬱々とした思いに支配されながら修理に没頭。

昼、カンヅメをこじ開けながらテレビをつけると、A.I. ナビが侵略生物からのメッセージを翻訳していた。なんて言っているのかよくわからなかったが、徐々に決壊し始めた宇宙からの最悪な警告であるらしい。科学者は画面の端でボーッと突っ立って全然動かない。

放送局には電話が殺到しているだろう。しかし、特に興味はないので寝転んでカンヅメを食べながら天井などを見つめる。洗濯もしなければ、と思いながらそのまま寝てしまう。

夕方、嫌な感じがして起きると、テレビでは誰もいないスタジオに放置されたカメラの映像が延々放送されていた。その画面に心奪われた永遠にも等しい数分間の後、なぜか急激に親近感が湧き起こり、ひくひくと息を切らせて泣く。その後も 2 時間ほどその画面を見続ける。

深夜、修理作業をしていると窓がビリビリ鳴り始める。よく見ると向かいのマンションの壁に大量のゾンビが。風邪で ESP が再発してからは幻覚をよく見るようになったので、今回も幻覚かと思ったが、群がるゾンビの中にタコ足ゾンビを発見する。祈りは届いたようだ。あはは…。

13 月 31 日

もっと沢山眠れればいいのに。起きてすぐ、ただただ落ち込む。

からない戯言につき合うのはもうウンザリだ。人類滅亡のカウントダウン？　知ったことじゃない勝手に死ね。僕は死んでも何も残さない。

ヒーローが世界を破壊して人類が滅亡する夢を見た。ゲームのやりすぎだろうと思う。それでも僕の生きている絶望的な現実よりは美しくて可愛くて、当然セクシー！　売ればポイントになるだろうがこの夢はHDで録画して個人的に観まくることにする。

午後、激しい暴風雨で外にも出れない。ひたすら冷たい茶を飲んで空腹をごまかす。くしゃみをしたら口の中から切れたテープが出てきた。いま自分が置かれた、非情なまでに救いのない事態をどれだけ忘れて過ごせるのかが、重要な課題だ。

7月7日

何もせず。何もない。何もかも。どうでもいい。

59月63日

どんな形であれ、もういい加減に終わって欲しい。2時に起きて、最初に浮かんだことはそれだけ。

辛い。辛くてたまらない。無駄に生きているだけだ。自分が最低最悪だってことをこれから先も延々と思い知らされ続けなければいけないのか。少しずつ眠る時間を増やしていかなければならない。どうか次に起きるのは2000年後でありますように。

20月16日

やたら外がうるさく、明るくなる前に目を覚ます。周波数の合わないラジオで無理矢理ニュース放送を聞く。ニュースは事故の速報について放送しているらしく、ゾンビ工場で火災が発生して、ゾンビの元が盗まれたというものであった。いまのところ死者は出ていないらしい。ヘンな話だ…あそこには死者しかいない。タコ足ゾンビの無事を祈った。

昼過ぎに再度目を覚ます。風邪治らず。お粥と各種サプリを摂取して一日ゲームして過ごす。ゾンビ一家をチェーンソーで容赦なく切り刻んだりするゲームもクリアして、次に特殊能力を持つヒーローになってポイントを奪い合うアクションシューティングゲームがなかなか難しく、こないだまではクラスがマスターだったのにゴールドに落ちてしまったので止めた。こんなのはクソゲーなだけだ。

寝床のPCでお絵描き。ヘタクソな女の子が出来上がる。

66月33日

朝から電話やメールで生産性と文字数の催促。携帯メールで昨晩描いた絵を送って少しでもポイントにしようと何度もトライするが、ぜんぜん送れず。また家での携帯の受送信が、より一層悪くなる。結果、生産性ポイント0。こんな状況はいつまで続くのか？　こんなこと何のためにもならない。どうにもならない。文字数を埋めるだけのロボット。燃やされ続けるだけのゾンビ。妄想に取り憑かれたこの国の権威による「救済消費新条例」やら「非生産的ゴブリン禁止法案」といったわけのわ布量を間違えて、タコ足のゾンビを作ってしまうが、オバサンがエリートゾンビに餌を与えている隙に群れに隠蔽する。

短い休憩をはさんで、15時からはロボットを操縦してゾンビを並べる作業。やること自体は流れ作業で楽だが、さっきまで知り合いや上司や恋人だったかもしれない誰かの死体を第一種ハードコアとして扱うのだから「まあ、ハッピー！」というわけにもいかず、みんな死んだ目をしてゾンビを棚に詰める。むしろ、死んでいるはずのゾンビの方が生き生きと輝いている。わかりやすい地獄の光景に笑いが込み上げる。まあ、こんな仕事どうせ続くわけがないですけど！

夕方からモハメドくんとモジュレーター会議でスタジオボイス。モハメドくんは万能ACタイプのマネージャー卍さんに終始ウットリしっぱなし。僕は具合が悪くなり、ボーッとしっぱなし。風邪か…風邪にしては具合が悪くなるまでが早過ぎる。もしかして接触不良か？　とりあえずラーメン食べて帰る。

5月6日

完璧な風邪。

鼻水が止まらず、熱っぽく、ESPが再発する。辺境の星でミッキーマウスという化け物が「ワン、ツー、ワン、ツー、ツェ、ツェ」と鳴きまくっているのが見える。いままで見た生き物の中でもっともカワイイ！

薬を飲んで一日中寝る。

を叩く音で慌てて起きる。次の瞬間「どいつもこいつも首でも吊って死んじまえ！」という押し殺したオッサンの怒声と、「はははは」という男の子の適当な笑い声が聞こえ、心の中で「おいおい、また始まったよ」と呆れる。今月に入ってもう4回目。さすがに温厚な自分でも頭に来て大きな声で溜息をついたのだが、ドアの向こうが静かになる気配はない。しばらくして決死の思いでコソコソとドアを開けてみたが、既にそこには誰もいなかった。「お前らは最低だ」とまだ気配の残るその空間に向かって言って郵便受けを開けたら、悪魔儀式の招待状が入っていた。「100円、5000円、大団円。」と書いてあるが、さっぱりわけがわからない。

今日も何の予定もない。むしろ、さっきの客とお茶でもするべきだったかとバカげた後悔をするほどには何の予定もない。何の予定もないが記録が必要だ。文字数が求められている。生産性ポイントになるからだ。そうでもないなら特筆すべき点の見当たらぬ空虚な人間の日々が書き留められる価値などない。

せめてまともなことをひとつでもしようと、リー・リーの新作PCをブートしなおす。オーティスのセカンドユニットがダウンしていたが、深夜までかかってプログラムを書き上げる。それにしてもリー・リーはマスターエンジンのアシスタントが可愛くて癒される。

8月84日

11時半には起きて、12時過ぎにはゾンビ工場。白衣を着たオバサンの監視下で延々と死体を蘇生し続ける。何度か薬の散

21月4日

朝からメールがドバドバと届いて起こされる。こないだひさしぶりに会ったクラスメイトからデートのお誘い。「待ち合わせはペンタゴン」「怪獣船に乗って新しいレストランへ」とのこと。不幸なまでに女に縁がない人生を送っている自信だけは人一倍ある。どうせ何かの間違いだろう。でなければバカにされて嘲笑われているだけだと判断し、無視してV.A. & Machinesの〈願いが叶う〉をチューニングするもぜんぜん集中できず、結局電話するはめに。案の定、隣の席に落ちて来た男と勘違いしているらしく、クサクサした気持ちになるしかない。こんなくだらない電話はさっさと終わらせたいと思い、過剰に自分のキモい人間性を主張するも、何をトチ狂ったか、「願いが叶う」などという話を始めたので、気が遠くなってしまった。その後もしつこく願いを叶えるためのセレモニーに勧誘されるが冷たく断る。自分のような哀れな人間を、どうかそっとしておいて欲しい。携帯のバッテリ切れで終了。疲れた。

7時過ぎ、この日記を書きながら「願いが叶う」の重複に気づいて嫌な気分になる。盗聴でもされているのではと部屋を見て回るが簡単に見つけられるわけもなく、やる気のないそぶりで寝る。

深夜、光るミルクを手に持って階段を上がる男の夢で目が覚める。すぐに売ってポイントにし、再び就寝。

4月1日

浅い眠りを繰り返して、ズルズルと夜7時。バコバコとドアこの宇宙のどこかに僕のオリジナルがいるとかいうしょうもない話を聞かされてさらに具合が悪くなる。早速さっき買って来た劇薬を大量散布して殺す。これで当分は出なくなるか…。

15月10日

「きっと今日はいいことありますよ」と声をかけられて目を覚ます。しかし、この部屋には僕以外の人間はいない。少し考え、それが自分の声だと気づいてしまい、恐怖する。確認のために、ベッドにうつ伏せ状態で「きっと今日はいいことありますよ」と何度も呟く。毎日、こんなことばかりでため息しか出ない。明るい未来は僕にはなさげだ。そのままダラダラと過ごす。

昼過ぎ、大学の授業があったのを思い出し、慌てて家を出る。モノレールに乗る寸前に、何やら足下に封筒が落ちているのが目に入った。拾うか拾わないか、一瞬迷っている内にモノレールに乗り遅れ、封筒もどこかへ行ってしまう。最低限の生活もままならないのに、心の豊かさを求めてウロウロするもんじゃない。そんなこんなでギリギリに到着。「ブート安全法」と「回路の［電子］技法」の授業を受けた後、食堂でラーメンを食べて帰宅。

カバンに昼見た封筒が入っているのを見つける。中身はヘタクソな女の子（？）の絵。やっぱり特にいいことなかったじゃないか…。

何もなし。暇つぶしに8トラックのスイッチを押して爆発させる。知らないうちにThe Night of Purple Moonも終わろうとしている。

33月22日

昼過ぎに起きて、コンビニ行って査定。生産性ポイント2倍の日。UIP機器の故障で時間を無駄にした上に、間違えてやり直しボタンを押してしまい、気がつけば約束の2時半。思わずそのままポイントを使ってタクシーでDUNEへ移動。一気に所持ポイントが半分以下に減り、さっそくヘコむ。

結局遅刻してパーソンズファクトリー。ダラダラしたレクチャーを受けてから、〈CCCD〉という謎の円盤を箱から出して、箱に戻すバイト。こんなのでいいのか？　まあ、いいのかなぁ。ヌケの悪いとしかいいようのない100分は案外アッサリ終わる。

その後、一緒にバイト3本ハシゴしたタクシーの運転手さんと80-87通りのカフェでお茶。カモミールティーを2杯飲んでご機嫌だったが住居管理大臣からFAX付き電話があり、引っ越しくじ落選の知らせを受けて落胆。ぜんぜん上手くいかない。

帰りにやさぐれた気持ちで劇薬を購入。家に着くとやはり玄関の前で宇宙人がフラフラと歩いているのに遭遇。もう三度目…。本当にウンザリだ。ここから発生しているのだろうか？　いったい何をやっているのか？　可愛いウサちゃんのぬいぐるみみたいな見た目ならともかく、ゲンナリするようなただの化け物。

7002年8月94日

朝、amazonからのさしたる理由もない訪問によって起こされる。ポイントを使って帰ってもらい、そのまま何もせずに昼。例によってamazonに叩き起こされる。そしてやっと今日があの美しいと呼ぶしかないほどにデタラメな瞬間であったという実感が沸く。とりあえず「ザ・シムズ」みたいな瞬間だった。起きる前に見た夢は、そんなに画質がいいわけじゃないので売ってしまった。監督のプラスチック・サマーがゾンビと闘うシーンのみ集めたチャプターもあったが、完全に意味不明。

その後、3時半からスプラッター・ハウスに子猫が集まるイヴェントが開催されるというので駆けつける。途中、何度もお腹の調子が悪くなったので、到着したころにはすでに原子猫の会見が始まっていた。微かに聴こえる鳴き声に不覚にも爆笑。周りにいたリキッド・エンパイアたちの顰蹙を買って会場を後にする。仕方なくタワー9を徘徊。ホワイト・マーケット版『番号スタンプ押し』を買う。

帰宅後、仮眠。36年後に目が覚める。いくらなんでも寝過ぎだろう、と最初思ったがよく考えてみれば10％しか寝ていないのに気づいてしまい、メラトニンを全部捨てる。

9時半からの〈晩餐〉に間に合わず。諦めてメールを確認。

『中原昌也 作業日誌 2004→2007』

（やくしまるえつこ“type_ナカハラ_BOT_Log” remix）

ング買ってないんだっけ？　理由は……なんとなくか。イヤだよね。こういうの。経験上、こういう時に、来るんだよね、2番人気のコパノキッキングが。おおイヤだ。やめよう、このネガティヴ思考。山本周五郎に怒られる。といってる間に、根岸Sのスタート時間。せいの。おお、マテラスカイ、すごいスタート。って、サンライズノヴァ、ひどい出遅れじゃん……。これ、ダメだよね、絶対届かないし。っていってる間に、もう4コーナーかい。マテラスカイ、まだ先頭、まだ先頭にいる……けど、もう無理か。今度は、ユラノトが先頭……それでもいい、それでいいぞ、ルメール。と思ったら、その外から、やって来るのは？　なんと、コパノキッキングじゃないか！　ダメだ、ダメ。君だけは来たらいかん！　あああああああああっ、ユラノトがコパノキッキングに刺された……じゃない、差された……オオマイガッ……オオ……オオオオ……。胸が痛い……山本周五郎を読んでいる時よりもさらに……。

しかも、5番人気→2番人気→6番人気で。さすがに、6億はないけど、それなりの高配当になるかも。なんだかドキドキしてきたんですが。どうしよう。山本周五郎読んでる場合じゃないよね。「箭竹」の次の「梅咲きぬ」もいいんだけどね。いや、絶品は「風鈴」ですね。「妹たちが来たとき弥生（やよい）はちょうど独りだった」って、ああ、やっぱり頭に入らないです。こういう場合。WIN4のシルクロードS。もうハズレるにちがいない。だよね。こんなに当たりが続くなんてありえないでしょ。しかも、買ってるのが1番人気でハンデが重い馬と経験の浅い4歳馬といまだに馬名の意味がわからない馬（ペイシャフェリシタ）なんだから。さあ、ハズレてスッキリしようか。スタートしました。セイウンコウセイが逃げてます。あっそう。2番手がラブカンプー。でラインスピリット。さあ、直線だ。おっと、来た来た来た来た、ダノンスマッシュ！　やったじゃん。えええっ？　っていうことは、また当たり？　1番人気で2倍だけど。ちょっと待て。WIN4まで当たってる？　こんなこと、百年ぶりじゃないの？　どうしよう。これで、最後のWIN5まで当たったら。いくらぐらいつくんだろう。家は買えないけど、これ、けっこういい車が買えるぐらいの配当にはなりそう。あっ、でも、免許証持ってないんだっけ。ハアハアハアハア。最後のWIN5、根岸S。こんなことになるんだったら、もうちょっと真剣に考えておくんだった。ハアハアハア。って、何買ってんだっけ。⑫サンライズノヴァ、①クインズサターン、②ユラノト、⑯マテラスカイの4頭？　1番人気、3番人気、4番人気、5番人気ね。ところで、なんで2番人気のコパノキッキいいスタートだよね。ヘリファルテはどこにいるの？　いちばん後ろ？　大丈夫か、ルメール騎手。アイスバブルは……っというと、4番手、というかもう3番手に上がってるんですけど。ああ、残り三百でアイスバブルがもう先頭！　外から猛烈な勢いでヘリファルテ、ヘリファルテ、ヘリファルテ……ああ、届かなかったね。アイスバブルの勝ちか。これ、マーフィー騎手の作戦勝ちですね。でもって、単が3.9倍。悪くない、っていうか、ここまで突破してるみたい。さて、WIN3の伊勢特別。これ、今日いちばん難しいと思うんだよね。だいたい、1番人気のコマビショウは買ってるけど、2・3・4番人気の馬、全部、無視してるからなあ。いいのかなあ。っていってももう遅いんだが。スタートしました。バラバラ。サノノカガヤキが行って、2番手がカブキモノ、その後がサマーサプライズ。これ、なんかペースすごく速くないですか。馬順がめまぐるしく入れ替わって。ええ、もうナンヨープルートーが先頭に立ってるんですが。コマビショウか、ナンヨープルートーか、コマビショウか、あああ、いったん先頭に立ったコマビショウをナンヨープルートーがもう一度差し返したところでゴール。よく考えたら、すごいレースだったんじゃないの？　って、もしかして、当たってる？　これ、どっちも買ってるけど。コマビショウなら1番人気で2.1倍。ナンヨープルートーなら、6番人気で12.1倍。ぜんぜん違うんですけど。写真判定……こういう場合、まず、いい方が当たらないんだけど……写真……写真……なんと、ナンヨープルートーだって！　当たってんじゃん。ヤバくないですか。ここまでWIN5のうち、WIN3まで当たってるんだけど。

ことはかつて無いことだった。だからいまはじめて触るように思い、その皮膚がそのように荒れているのをみつけたとき、藤右衛門はそれまでまるで知らなかった妻の一面に触れたような気がした」

さあ、どうして、妻の手は荒れていたのでしょうか。いったい、なぜ佐野家に勤める女たちは、やす女の死に慟哭していたのでしょうか。ずるいな、山本周五郎。これ、誰が読んだって泣くよね。次が「箭竹（やだけ）」。

「矢はまっすぐに飛んだ、晩秋のよく晴れた日の午後で、空気は結晶体のようにきびしく澄みとおっている、矢はそのなかを、まるで光の糸を張ったように飛び、垜（あずち）のあたりで小さな点になったとみると、こころよい音をたてて的につき立った」

矢を射たのは将軍家綱。実は、家綱は、最近気づいたことがあった。将軍が使う矢は、献上されたものだったが、実は、いいなと思って使い実際に気持ちよく当たったものにはみんな共通点があった。どの矢にも「大願」の文字が彫られていたのである……いかん、もう泣きそうになってきた……。おっと、いよいよ、WIN5のスタートじゃないか。まずは、WIN1の飛鳥S。はい、スタート。スズカルパンが行きますね。2番手がシャルルマーニュ。ボールライトニングは最後方ねえ。千メートル通過が1分1秒。一団になりました。いちばん外、ボールライトニングがすごい勢いで来る！　オオオオオッ。ボールライトニング楽勝じゃないか。ちょっと待って、これいくらつくの？　7頭立てで5番人気、13.3倍。なんてことだ……。っていってる間に、WIN2、早春Sが発走です。アテンフェスタ、より格上）のチャンピオンSで出遅れて6着。距離も長かったし、ここは得意の千四でかなり有望。問題は残り3頭。ユラノトは千四はいいだろうが、コパノッキンキングもマテラスカイもほんとうは千二がベスト。しかも、脚質が正反対。逃げるマテラスカイに追い込むコパノキッキング。どうしようかなあ……。同じ追い込むなら千四だし、クインズサターンにしとくか。というわけで、ここは⑫サンライズノヴァ、①クインズサターン、②ユラノト、⑯マテラスカイの4頭を選択。コパノキッキングねえ……。まあ、いいか。以上、WIN5をネットで買いました。後は、スタートを待つだけです。それまで、山本周五郎の短編集『小説　日本婦道記』（新潮文庫）を読んで待機。これ、いいよね。1本目が、名作「松の花」。

「北向きの小窓のしたに机をすえて『松の花』という稿本（こうほん）に朱を入れていた佐野藤右衛門（とうえもん）は、つかれをおぼえたとみえてふと朱筆をおき、めがねをはずして、両方の指でしずかに眼をさすりながら、庭のほうを見やった」。藤右衛門は紀州徳川家の年寄役で千石の食禄、御勝手係。六十四歳のこの日、かねて癌で重態であった妻のやす女が往生を迎える。「妻の唇（くちびる）にまつごの水をとってやった。もはやなにを思うこともなかった。妻の死顔はこのうえもなく安らかで、苦痛のいろなどはいささかもなかった。藤右衛門はしばらくのあいだ、祝福したいような気持で妻の面（おもて）を見まもっていたが、ふと夜具のそとに手がすこしこぼれ出ているのをみつけ、それをいれてやろうとしてそっと握った。するとまだぬくみがあるとさえ思えるその手がひどく荒れてざらざらしているのに気づいた。妻の手を握るなどというムーン母オブザーヴァント母の父カポウティ)、ペイシャフェリシタ(ハンデ54キロ、17.6倍、牝6歳・父ハーツクライ母プレザントケイプ母の父ケイプクロス)、等々。要するに、ダノンスマッシュとラブカンプーに人気が集中している。ここまでずっと善戦しているラブカンプーなんだが、からまれると弱いと思うんだよね。同じ4歳牝馬でもロードカナロアの子アンヴァルが今年楽しみ。ラブカンプーより1キロ少ないのも、最後に後押ししそう。ということで、ここは⑯のアンヴァル、人気でも②ダノンスマッシュ、そして、もう1頭、いつ走るかわからないけど、混戦に強い⑨ペイシャフェリシタに決定。さあ、最後、WIN5。東京11レース、根岸S。ダートの千四百です。人気は、サンライズノヴァ(2.5倍、牡5歳・父ゴールドアリュール母ブライトサファイヤ母の父サンダーガルチ)、コパノキッキング(4.3倍、セン馬4歳・父スプリングアットラスト母セラドン母の父ゴールドヘイロー)、ユラノト(5倍、牡5歳・父キングカメハメハ母コイウタ母の父フジキセキ)、マテラスカイ(7.9倍、牡5歳・父スパイツタウン母モスタケレー母の父ラーイ)、クインズサターン(13.7倍、牡6歳・父パイロ母ケイアイベローナ母の父クロフネ)。サンライズノヴァがちょっと抜けて、あと3頭がほぼ横一線、クインズサターン以下はちょっと離れている。ダートは人気通りに決まる場合が多く、意外な馬が浮上する余地は少ないので、ここにあげたメンバーで決まる可能性は高いだろう。サンライズノヴァは去年1番人気で2着。あれはノンコノユメの強襲がうまく決まったからで、彼自身はいいレースだった。前走はGⅠ(今日のレースら、1番人気のコマビショウが2着だった前走、5着だったけど最後の脚はいちばん良かったジャストコーズ（セン馬6歳・父マンハッタンカフェ母ラリーズン母の父ラビーブ）の方が魅力的か。あと、同じレースでハイペースで逃げて7着だったサマーサプライズ（牡5歳・父サマーバード母サウンドアリュール母の父マンハッタンカフェ）も、距離の長い二千でも超ハイペースで逃げ切ってるし、こちらも魅力的。あと、ナンヨープルートー（牡5歳・父ディープインパクト母ハイカックウ母の父ハイシャパラル）。この馬は典型的な追い込み馬だが、二千百でも追い込んで勝ってるのがいいよね。ディープインパクト×ハイシャパラルとまるでダートに無縁の血統なんだけど、中京のダートは芝の血統（ただし追い込み限定）でも走るから。というわけで、ここは1番人気の②のコマビショウはともかく、⑤サマーサプライズ（13倍）、⑦ジャストコーズ（17倍）、⑪ナンヨープルートー（10倍）と、穴っぽい馬だけ買ってみます。

次は、WIN4。京都11レース、シルクロードS。芝の千二百でハンデ戦。人気は順に、ダノンスマッシュ（ハンデ56.5キロ、2倍、牡4歳・父ロードカナロア母スピニングワイルドキャット母の父ハードスパン）、ラブカンプー（ハンデ54キロ、4.3倍、牝4歳・父ショウナンカンプ母ラブハート母の父マイネルラヴ）、アンヴァル（ハンデ53キロ、10.5倍、牝4歳・父ロードカナロア母アルーリングボイス母の父フレンチデピュティ）、ナインテイルズ（ハンデ56キロ、14.5倍、牡8歳・父ローエングリン母マイネフォクシー母の父メジロライアン）、セイウンコウセイ（ハンデ58キロ、15.7倍、牡6歳・父アドマイヤゴールド母シャドウシルエット母の父シンボリクリスエス）といったところまでが勝負になりそう。ご存じゴールドフラッグはゴールドシップの全弟、コウキチョウサンは無敵のジャンパー・オジュウチョウサンの全弟ということで実力以上に人気になってるのね。こういう馬はもちろん切る！　問題はアテンフェスタとララエクラテールで、後者は如何にも典型的なステイゴールド産駒で「切れる」脚がないタイプ。府中の二千四百は向いてないでしょ。アテンフェスタはこのレースに出ているメンバーの中で唯一、前へ行く脚質。なので、この馬は残そう。以上、早春Sは②のアテンフェスタ、⑧のヘリファルテ、⑪のアイスバブルの３頭で！　ふう、疲れた。コーヒーを一杯飲んで、WIN3。中京11レース、伊勢特別。これは一千万下クラスのダート千九百。ウワッ、難しそう。断然人気が（単勝３倍）のコマビショウ（牡４歳・父エンパイアメーカー母サウンドバイト母の父ホワイトマズル）。前走が同じ条件で京都千九百ダートをクビ差の２着。これだけで人気になってるのちょっとイヤだね。次の7倍から8倍あたりにテイエムオスカー（牡4歳・父ニューイングランド母テイエムシーズン母の父カコイーシーズ）、サノノカガヤキ（牡６歳・父カネヒキリ母ホウヨウターゲット母の父ジョリーズヘイロー）、ダンサクドゥーロ（牡５歳・父クロフネ母ファーレサルティ母の父ダンスインザダーク）。でもテイエムオスカーは五百万下は圧勝してきたがこのクラスでは完敗、サノノカガヤキも前走、五百万下を圧勝（11馬身差）したが、一本調子の逃げ馬、ダンサクドゥーロもこのクラスでは未知数。で、全馬決め手に欠けるんだよね。だったイキシャトル母シェリーバレンシア母の父スピニングワールド）と5番人気ボールライトニング（牡6歳・父ダイワメジャー母デフィニット母の父デヒア）で、おそらくボールライトニングがいちばん後ろから追い込むことになりそう。なんでこんなに人気がないの？　ああ、ここ2戦出遅れてるからか。この頭数なら出遅れても致命傷にはならないし。じゃあ、ボールライトニングも残す、と。そういうわけで、飛鳥Sは③のシャルルマーニュ、④のボールライトニング、⑥のテーオービクトリーに決定。それから、WIN2の東京10レース、早春S。ハンデ戦で芝の二千四百。ここは⑧のヘリファルテ（牡5歳・父ディープインパクト母シユーマ母の父メディシアン）が2倍を切る断然人気。確かに、二千四百は3戦3勝だけど、この下の条件でクビ差勝ちしただけだから、ちょっと人気になりすぎだよね。でも、この馬を外すわけにはいかないが。⑪のアイスバブル（牡4歳・父ディープインパクト母ウィンターコスモス母の父キングカメハメハ）が2番人気。この馬も下のクラスを勝ち上がってきたわけだが、2戦連続、上がり（最後の600m）最速を続けていて、いかにも東京競馬場向き。ハンデ戦ゆえ、こちらの方が魅力的。当然、この馬も残しておく、と。あとは3番人気のララエクラテール（牡7歳・父ステイゴールド母オリミツキネン母の父ジャッジアンジェルーチ）、4番人気のゴールドフラッグ（牡4歳・父ステイゴールド母ポイントフラッグ母の父メジロマックイーン）、5番人気のアテンフェスタ（牡6歳・父ナカヤマフェスタ母ニューフェアリー母の父フレンチデピュティ）、6番人気のコウキチョウサン（牡6歳・父ステイ

1月27日

昨日はつい調子に乗って全（競馬）場全レースを買おうというような無茶なことに取り組んでしまった。ありえないですね。今日はちゃんと選ぶことにしよう。でも、もう、10時過ぎてるし。1レース目は終わってるんだよね。もしかしたら、今日唯一当たったかもしれないレースなのに……。まあ、いいか。とりあえず、WIN5（指定された5つのレースの勝ち馬を全て当てる）の予想をやっとくか。これ、当たった場合、最高で6億円になります。6万でも6百万でも6千万でもなく6億。ほんとに作業しがいがある。まず、WIN1の京都10レース、飛鳥S7頭立て。7頭いるけど、オウケンブラックはもう衰えの目立つ8歳だし、スズカルパンもダートの方が得意で、この連中は消しておこう。といって、残りの5頭を全部残すわけにもいかないし。さて、オッズを見てと、1番人気はモーヴサファイア（牝5歳・父ハービンジャー母モルガナイト母の父アグネスデジタル）なの？　この馬、前走、下のクラスを勝って昇級してきたばかりなのに人気になりすぎだよね。ここは切ります！　2番人気のシャルルマーニュ（牡4歳・父ヴィクトワールピサ母エイブルアロー母の父サクラバクシンオー）、この馬が逃げるんだろう。直線平坦の京都で他に逃げ馬もいないし、父ヴィクトワールピサなら少々時間がかかるいまの馬場に向いているし、残しとこ。3番人気のテーオービクトリー（牝5歳・父ブラックタイド母タイキクララ母の父デヒア）も前々走でこのクラスを脱出、こっちの方がモーヴサファイアより走りそう。もちろん残す。さて問題は4番人気のドゥーカ（牡6歳・父タけど。さあ、4コーナーをカーヴして、直線。ああダメだ……人気のないブラックスピネルが逃げきっちゃったよ……人生、うまく行かないよね……。さて、中京最終レースが始まる前に、京都最終レースを買うことにするか。えっと、もう、今日は騎手だけ見て買うことにします。っていうか、武豊ね。武騎手は何に乗ってるの？　ライトオブピース？　誰、それ。えっと、芝のレースで目が出なくてダートに移ってきたのか、馬生もたいへんだよね。同情するよ。じゃあ、この馬の単・複と。あれえ、もう口座にお金なくなっちゃったよ。中京最終レースで、菜七子ちゃんが来ないと、東京最終レースが買えないなあ……。でも、予想だけはしておくか。おお、もう中京最終スタートかい。ピースマインド、今日はちゃんとゲートを出たみたい。あああああああああああ……ダメだった……。こんなのばかりだよね。こういう日もある。まあ、ほとんどの日は、こうなんだけど。で、資金がなくなったので東京最終レースは買えません。京都の結果を静かに待つことにします。はい。では、本日、最後の作業、っていうか、収穫のためにレースを拝見。京都最終発走です。えっと何を買ったんだっけ。そうそう、武豊……じゃなくて、武豊騎乗のライトオブピース。えっ、いつの間にか雪積もってんじゃん。っていうか、っていうか、豊、後ろ過ぎない？　いいの、そこで？　まあ、きっと武騎手、何か深い考えがあって、後ろにいるんでしょう……って、もしかして、いちばん後ろ……特に考えがあったわけじゃないんですね。そうですか。

名前を呼んでもらえなかったんですけど。っていってる間に、もう橿原Sの締め切りが迫ってます。ガンジー好きだけど、何で？　名前が好きだけなんだよね。もう考えてる時間がないので、武豊が乗ってるストロベリームーンの単でも買っておくか。今週、スーパームーンだったし。でもって、東京11レース、白富士S。ここはもう自動的にダイワキャグニーを買っちゃうんだよね。イヤだけど。昔、ひい祖母(ばあ)さんを一口持っていたからという理由だけ。そのせいで、ずいぶん損してるんだなあ。この馬、勝負弱いし。買いたくない。ほんとうに買いたくないのに、ああ、パソコンのキイを指が勝手に打ってる……。って書いてるうちに、もう橿原Sの発走です。なんて時がたつのが早いんだろう。ストロベリームーン、どこ？　来た、来た、来たッ！　勝ったのはゼンノサーベイヤーだけど、2着に武豊のストロベリームーン。やっぱり競馬は馬より騎手なのか。もう馬なんか見ないで、騎手だけ見ることにするか。って、ここで感慨に耽ってる暇はないわけです。はい、次は中京最終レース。ここはもう、中央競馬唯一の女性騎手藤田菜七子ちゃんが乗っているピースマインドを買うしかないっしょ。というわけで、13の単・複を買って、馬複は丸山「元気」騎手のアリア、松若「風馬」（カッコいいよね、この名前）騎手のワールドフォーラブ、あと、外国人騎手（ルメール）のデルタバローズ。こんな感じで許してやるか。って買ったところで、白富士S、スタートしましたよ。まあ、ぼくはダイワキャグニーだけ見てればいいわけです。ダイワキャグニー、なんで、あんなに後ろにいて大丈夫なのか……。1番後ろ、しかも遠く離れてるんです……ああ、ディキシーナイトとルガールカルムに抜かれて3着かよ……ヘイワノツカイが4着……って、もうトランプとプーチンでいいのかよ……いや、落ち込んでる場合じゃないんだよね。で、愛知杯に戻って、これ14頭立てだけどハンデ戦だから難しいなあ。ってワア、締め切りまであと6分！　おかしいな、どうしてこんなに時間がないんだろう。このレース、軽いハンデの馬が活躍するので、50キロ、51キロ、52キロぐらいの馬から選びたいなあ。ヤマニンエルフィンとティーエスクライとレイズアベールが50キロ、スカーレットカラーが51キロ、レイホーロマンスが52キロと。どうすっかなあ。レイホーロマンスかスカーレットカラーがクサいんだよね。どっちも人気ないし。じゃあ、この2頭の単・複買って、馬複も総流し！　それで行こ。って買って、と。あっ、次の京都11レース、橿原Sの締め切りまで9分。どれどれどんな馬が出てるの？　メイショウツレヅレ、もう10歳なのかい……。牝馬だから熟女、人間でいうと、アラフォー、いやアラフィフ？　馬だからアラカン？　可哀そうに、そろそろ、牧場へ戻してもらえよ。って、愛知杯始まっちゃう！　さあ、こちらはレイホーロマンスとスカーレットカラーだけ見てればいいわけですが。アアアッ！　レイホーロマンス、出遅れてる……。あとはスカーレットカラーだけが楽しみか……。向こう正面、スカーレットカラーは中団、可能性はあるってことだよね。何、このスローペース。レイホーロマンス、後ろ過ぎなんですけど。来た来た来た、ワンブレスアウェイにノームコアにランドネにウラヌスチャーム……って、レイホーロマンスもスカーレットカラーもまったくこれカミノタサハラの弟かい、あの馬にずいぶん損させられたよねえ、印象悪……。3番人気が8番のステイオンザトップ(牡5歳・父ステイゴールド母プチノワール母の父シングスピール)、ハンデが56キロ……わあ、書いてるうちにもう締め切り時間が迫ってきた。ステイオンザトップとオメガラヴィサンの馬複8=10でも買っておくか。よいしょ、っと。で、次は3時10分締め切りの東京10レース、クロッカスS。1番人気がディキシーナイト(牡3歳・父ダイワメジャー母カメリアローズ母の父ホワイトマズル)、2番人気がルガールカルム(牝3歳・父ロードカナロア母サンデースマイルⅡ母の父サンデーサイレンス)、3番人気がドゴール(牡3歳・父サクラプレジデント母ガイヤール母の父ブラックタイアフェアー)、4番人気がカルリーノ……ああ、予想しているっていうのに京都10レース始まっちゃったよ。ちょっと待て、何買ったんだっけ……ステイオンザトップとオメガラヴィサンか。どれどれどこ走ってるの？　もう4コーナーだ。オメガラヴィサン、オメガラヴィサン、オメガラヴィサン！　勝ったあ……けど、ステイオンザトップ、3着じゃん……いかん、落ち込んでるわけにはいかない。作業は淡々とやらなきゃならない。ああ、もう締め切りまで2分ないじゃん！　どうしよ。トランプがむかつくからとりあえずドゴールの単勝を買っておくか。相手はヘイワノツカイとクロムウェルにしとくか。反トランプ馬券だ。よいしょ。しかし忙しいなあ、考える暇ないよ。で、次は今日の中京メインレースの愛知杯……って、もうクロッカスS走ってるじゃん！　あっ、ドゴールが先頭だッ！　ドゴール！　ドゴール

1月26日

今日は「作業」をする予定だったのにすっかり忘れている。「作業」開始時間を4時間半も過ぎてるのに気がつかなかったよ。マジ終わってるね、自分。気がついたら、もう午後2時41分だ。仕方ない。とりあえずスタートしよう。で、どのレースが間に合うの？　ああ、2時50分発走の中京10レースが間に合うみたい。締め切りまで5分ないけど。さて競馬新聞を開いてみましょう。うわあ、1頭も知ってる馬がいない。1番人気はレッドルゼル。単勝が1.7倍。すごい人気ですね。牡3歳・父ロードカナロア母フレンチノワール母の父フレンチデピュティ。そうか前走、未勝利を11馬身差で勝ったのか、そりゃ、このクラスで圧倒的な人気になるよね。って、もう時間がない！　ああ、じゃあ、あと単勝人気が10倍以下の2頭への馬連買っておこ……って、ネット投票のところに行ったら「投票する内容がありません」だって。なんだよ、締め切り過ぎちゃったのか。じゃあ、次。って京都10レース、木津川特別、ここは発走が3時ジャストだから、締め切りまであと8分あるよね。えっと1番人気は10番のオメガラヴィサン。牡4歳・父ロードカナロア母オメガグレイス母の父サンデーサイレンス。いかにも京都競馬場の芝千六向きの血統だよね。前走が中山競馬場で追い込んで3着。今回の方が向いてるよね。騎手が武豊と。あれ、このレース、ハンデ戦なのかよ。ああ、オメガラヴィサン、トップハンデの56キロね。で、2番人気が7番のフォックスクリーク（牡4歳・父ディープインパクト母クロウキャニオン母の父フレンチデピュティ）、ハンデ55キロ、って、

「**7月21日**

12時46分に目が覚め、1時からUIP試写室での『ナチョ・リブレ』の試写は断念。朝から昨日買ったハナタラシのカセット『ワーストセレクション』を聴く。これは名盤。どのアルバムよりも素晴らしいので、これは後世に残すべくCD化すべきだと勝手に思う。

3時半より新橋のワーナー試写室にて『スーパーマン リターンズ』。ブライアン・シンガーにしてはよく頑張った出来。毎日何本も映画を観ていると疲れるので、そろそろ休みたいのだが…。

夜、新宿へ向かい、当然のようにタワレコ。リチャード・ヤングスの新譜だけ買って帰るつもりが、レイ・バレット『Hard Hands』、キャプテン・トリップから出たエルドンのライヴ盤2種『Well and Alive in France』と『Live Electronik Guerilla』、美輪明宏『白呪』、ハーヴィ・メーソン『Marching in the Street』、ストーンズ・スロウ（からの）V.A.『Stones Throw Ten Years』、KMD『Mr.Hood』、ラヴンヘイトのファンク発掘物でDarondo『Let My People Go』などを買う。そして、まさかそんなものが出るなど想像すらしなかったサルソウルのDVD「Salsoul Classics」を発見し、驚愕しながらレジへ直行。」

（『中原昌也 作業日誌 2004→2007』より）

『中原昌也 作業日誌 2004→2007』

（高橋源一郎“こんな日もある”remix）

ORIGINAL VERSION

II

待望の短篇は忘却の彼方に

まばゆいばかりの冬の陽光の眩しさに耐えながら、婦人服を専門に扱う店先に立っていた。そして店の前に規則正しく円柱が置かれた歩道に沿って、歩行者たちが黙々と行き交っているのをしばらく見ていた。その日、近くの競技場では国際的な陸上競技大会が開催されており、休日にしては割と人通りはあったものの、誰一人として店に立ち寄る様子はない。華やかな催事は見たくても、とりあえず必要のない婦人服には用事がないので誰も目もくれないというわけだ。彼らにはそんな余裕さえないのだろう。おそらく醜い大男が発しているものと思われる獣じみた雄叫びが数秒の狂いもなく一定の間隔で聞こえてくる。お気に入りの選手でも応援しているつもりなのだろうか。たまたま、その日近隣で原因不明の悪臭が漂っていたのだが、臭いのもとがもしかすると大声の持ち主なのではという疑いがかかっても仕方がなかった。

陽光は店の前の歩道に沿って流れる川の水面に反射し、宝石のようにきらめく。

つのる寒さと疲労にうちのめされながらも、五郎は何種類かの鉢植えを台車から下ろし、全て店先の日除けの下に置いた。その際にショーウィンドウの中に設置された、少々時代遅れの婦人服を身にまとった数体のマネキンと何度か目が合った。肌の色が真っ白で眼も黒目のない、全身が白いタイプのマネキンであったので、近くで見つめられていると思うとあまりいい気持ちがしなかった。ちょっと大きめのサイズのように見えるマネキンたちは一見したところ外国製らしかったが、異様な威圧感があり、あまりエレガントなものには見えなかった。そして低予算ホラー映画の中の悪魔の儀式のセットにあるような黒い幕がマネキンたちの背後に張られており、申し訳程度にギリシャ風の円柱やビーナス像もそこに置かれていたのが、より一層の陰気な雰囲気を演出するのに役立っていた。あとはドライアイスの煙さえあれば完璧にここがうらぶれた田舎の遊園地のお化け屋敷に見えたことだろう。さらに小型のルーレット台（よく旅先の土産物屋で売っているような安っぽいもの）もマネキンの足下に不釣り合いに置かれていた。そこにだけ紫の照明が当てられており、全体的に趣味がよいとはいえない貧相なデコレーションだった。金の画鋲で貼られた二枚の黒人（恐らくハリー・ベラフォンテとナット・キング・コールだと思われる）の小さなピンナップも、やはり小型のボンゴと共にそこにあったがあまり目立ってはいないように思えた。とにかく五郎が常に探している男性物の厚手の外套（勿論、安価で購入したいと考えていた）は、そこでは扱っていないようだった。

「ごくろうさま」

胸の膨らみのせいで最初は何だか判らなかったが、ラスコーの洞窟の壁画がカラープリントされたTシャツが視界に入った。Tシャツを身に着けていたのは店主らしき女性であった。彼女はねぎらいの言葉を発した。浅黒い肌をした若い美人店主だった。おかげで寒さが吹き飛んだ。豊満で、色気のある彼女の体が何とも印象的であった。

「鉢植えの代金のことですが」

彼女が言った。

「残念ながら当分はお支払いできません」

その後、しばらくは沈黙が続いた。だが、いつまでもボサッとしている暇はないので、店先の鉢植えを全部台車に戻した。最早お金のことなどどうでもよい気になっていたので、不機嫌な態度は見せなかった。というよりも相手にそう感じさせないように気を遣った。いつか彼女がちゃんと、お金を払ってくれるお客さんになってくれるかもしれないからだ。

「ごくろうさま。せめて煙草でもどうぞ」

五郎は台車の横に立ち尽くして、ただぼんやりと放心したままだったが、彼女から差し出された煙草を黙って箱から二、三本引き抜き、いますぐに吸おうと思っている一本以外をいつも好んで着ている紫色の薄いビニール製のジャンパーのポケットに収めた。古着でもいいから厚手の外套が欲しいと、その瞬間にまた思った。

「やっぱりお金が貰えないから、気を悪くされたのでしょうか?」

彼女は五郎の顔色を窺いながら言った。

「いや、まあ……昨日から何も食べていないので、ちょっと気分がすぐれないだけなんですよ」

立ったままでは疲れるので、地面にしゃがんだ。

「そんな事情なんですね。どこも大変ですよね。ほんと不況ってイヤだわ」

彼女も五郎に寄り添うように、親し気にしゃがみ込んだ。胸の谷間が覗き込めるほどに近かった。

そんな会話をしながらも、いつライターかマッチを差し出し、煙草に火をつけてくれるのかと五郎は期待したがどうやらそんなそぶりすら見せそうになかった。手に持っていた煙草はそっとジャンパーのポケットに収めた。

「私の祖母に相談して、鉢植えを全部買ってもらいましょうよ。ああ見えて意外と小金を貯め込んでいるようですよ」

ああ見えて、といわれても五郎にはその祖母に会ったことがないので本当に小金を貯め込んでいるのかどうかの確信はなかった。とりあえず「そうなんですか……」と小声で呟くより他に返答のしようがなかった。

五郎は子供の頃からずっとこの鉢植え売りの仕事をやりたくてやっているわけではない。もともとゲームや勝負事の類いが得意であり、高校卒業後はそういったことで生計を立てていた。ある時、そろそろギャンブル以外で稼ぐ方法について考えながら外をうろついていると、大量の植木と鉢を楽にいくらでも持って帰るのが可能な鍵のかかっていない倉庫を発見したのだ。いつも着ているせいで、いまはもうすっかりくたびれてしまった灰色のTシャツを、ちゃんとコインランドリーで洗った次の日は、こうして必ずといってよいほど（普通の人たちにしてみれば、ささやかなことにしか感じられないかもしれないが）良いことがあるのだった。

「これで金が入るかもしれないな……」

五郎は借りてきたトラックで植木と鉢を自分のアパートに運び、それに四方を囲まれながら今後のことについて考えた。その結果、持ってきた鉢と植木をセットにして訪問販売する事業を思い付いたのだった。

何故、いまこの仕事をやっているのかについてをこの店主らしき女性に、咄嗟に語りたくなった五郎であったが結局はじっと我慢せざるを得なかった。黙って鉢植えを載せた台車をアパートまで引いて帰った。

家に着いても、食べるものは何もなかった。床に散らばった新聞紙の上に寝転がり、記事を断片的に読んだ。どの記事も目に入った部分しか読んでいないせいか内容は何も頭に入ってこなかったが、どれも陰気なことばかりが書いてあるのだけは判った。しかし、それよりも購読していない新聞が毎日配達されているはずもないのに、何故この部屋に沢山あり、しかもそれらが徐々に増殖しつつあるのか、ということがやたらと気になり始めた。それで足を滑らす危険性だってないわけではない。思いきって全部を拾い集めて紙飛行機にして窓から飛ばしてしまえばどんなに気分のいいことだろうと考えたりも一応した。しかし、どれも丸まったり皺くちゃなものばかりで、碌な紙飛行機など折れそうにない。先週、紙飛行機を折りたいが為に一枚の新聞紙を、わざわざ丁寧に拾ってきたことがあったが、その時は上手く折れず、幼い頃の記憶だけで折ったせいか、期待に反しそれは全然飛ばずにすぐに足下に落ちたのだった。

貰った煙草のことを思い出し、ジャンパーから急いで取り出した。そして部屋にあったどこかで拾ったライターで火をつけた。

煙草を吸いながら、死ぬほど退屈な独り言を呟いていた。いつのまにか五郎は寝ていた。

夜の住宅街。

全身を映し出す大きな鏡があるのに、女は窓の方をわざわざ向いて脱衣を始めた。カーテンは開いたままだった。舞台のような照明がこうこうと光る、明るい部屋だ。そのおかげで嫌でも外から何もかも丸見えになってしまっていた。どうやら背後では大きめの音量で音楽が鳴っているらしい。

その家の前に銀色のバンが駐車していた。暗い車内から男が、双眼鏡を手にして脱衣中の女の様子を息を殺して見つめている。黒目ばかりが目立つ小さくて悲しげな目は、みすぼらしいぬいぐるみに目の代わりに縫い付けられたちっぽけな黒いボタンを思い起こさせたが、実際には見た目ほどには彼の心の中に悲しい感情があるわけではなかった。それどころか、心ここにあらずという感じ。これは今に始まったことではなく、敢えていえば彼の頭は煮えたぎった湯の入っていたことがかつて一度もない、無駄に大きな鍋のようなものだった。さらにそこでも、思考を掻き消すかのように、大きな音量でカーステレオが鳴っていた。

そうこうしているうちに女の下着が取り払われ、あれよあれよという間に、ついに一糸まとわぬ全裸になってしまった。その一部始終でついぞカーテンは閉められることがなかった。それどころか夜空の星々に見せつけるかのように、他に何をするわけでもなく、女は全裸のまま憂鬱そうに窓際でまどろんでいた。

そろそろいい頃合だ、といわんばかりに車内から覗いていた男は落ち着き払った様子でリモコンを鞄から取り出した。中央に付けられたたった一つの赤く点滅するスイッチを押した。すると大きな爆発が起きるわけでもなく女の立つ窓の下から煙が現れた。男が操っていたのは発火装置であった。間もなく大きな炎が女の裸をさえぎった。どうやら火災を起こし、女が裸のまま外に逃げるのを期待していたようだった。しかし、計画通りにはいかず、女は微動だにせずそのまま炎に飲み込まれてしまった。そして間もなく部屋ごと爆発し、窓ガラスが吹き飛んだ。

このような独身女性の家ばかりを狙った、覗きを兼ねた連続放火事件が、近頃毎日続いていた。

翌日の午前中、五郎は起きてすぐにアパート近くの公園に行った。空腹を紛らわす何かがあるのではないかと何となく行ってみたのだが、やはり破れた新聞紙や週刊誌などの屑がごみ箱や地面に大量に落ちているだけだ。

鳥のエサをばらまくホームレスがいた。さすがに鳥のエサは食べられないので、仕方なく水飲み場の水をたらふく飲むしかなかった。そして急に水の味が、妙な味に変わったので慌てて飲むのを止めた。

お昼過ぎに、婦人服の店の前を五郎が台車を引っ張って通り過ぎようとするとすかさず女店主が慌てて店から出てきた。昨日と同じまばゆいばかりの冬の陽光がやたらと目を刺激し、彼女の姿を赤い逆光の中から表出させた。

「こんにちは！　今日は祖母に会ってくださいよ。鉢植えを全部買ってくれるかもしれない滅多にない機会ですよ！　大金が手に入るチャンスです」

「はあ、そうですか。大金ですか」

いくらなんでも、どれだけ多くの鉢植えを売りつけても、大金など貰える筈はないだろう。そもそも彼女の言う大金とはいくらのことを指すのか、五郎はよく判らなかった。

「ええっと、それでは、おばあさまにお会いするにはどうしたらいいのでしょうか？　御自宅の方におられますか？」

「いや、この中にいますよ」

彼女が店の方向を指して言った。

「お店の中にですか？」

五郎がそう言った途端、急に女店主が浮かぬ表情を見せた。一瞬の沈黙の後、またすぐに明るい顔に戻った。

「ああ、昔はよく人から言われましたが、ここはお店じゃないんですよ。道に面してる部分が、最初からお店風のショーウィンドウになっているだけで」

「はあ、そうなんですか」

「祖母はもともと洋服のお店をやってみたいという気持ちだけはあったみたいで、こうしてお店の真似事みたいなデコレーションをしてたんですよ。本当は大柄な女性専門の洋服店をやりたかったらしいんです。結局、問屋からの仕入れのあれこうだが面倒臭くて、商売はやらなかったんですけどね。でも、私たちがここに越して来る前は、婦人服を扱う店ではなかったのですが実際にお店だったみたいですけどね」

「はあ」

「ダイビングなどのマリンスポーツの用品などを扱うプロショップだったみたいですよ。ほら十年くらい前、大手の新聞社の記者が沖縄の海でサンゴにＫＹって文字を刻んで写真を撮って、それを地元のダイバーのせいにして捏造した記事だったのがバレて問題になったじゃないですか」

「何かそんな事件、昔あったような気がしますね」

「あのＫＹっていうのは、ここにあった店の名前のことなんですよ、多分。〝ＫＹマリン〟っていう店だったらしいのですが。水中撮影用の機材を貸した代わりに宣伝して貰ってたんでしょうかね？」

ここが店であろうがなかろうが、ただ鉢植えを買ってくれれば五郎にとって不満はない。すぐさまアパートから持ってきた鉢植え全部を台車から下ろした。それをいままで店主だと思い込まされてきた単なる若い女がショーウィンドウのガラスの内側へと運び、丁寧に並べ始めた。ますますそこは店らしく見えてきた。しかし、確かにどこにも〝婦人服の店〟という文字はない。

「これからもいっぱい祖母に買ってもらって、次からはそんなみすぼらしいリヤカーじゃなくて、ワゴン車みたいなので配達できるようになるといいですね」

「ええ」

金が入ったら、まずこの汚らしい台車を破棄してワゴン車みたいなのが欲しいと確かに何となく考えてはいた。商売のためだけでなく、色々なレクリエーションにだって使える。しかし、よく考えてみれば五郎は免許を持っていなかった。だから厚手の外套を購入する方を先にすべきだろう。

「じゃあ、中へどうぞ」

笑顔で女は内側が黒いカーテンに覆われたガラスのドアから五郎を中に迎え入れた。

「汚くてすいません……全然整頓してませんでした……」

女の声が小さく外から聞こえた。彼女はどうやら五郎を中に入れてからすぐ外に出たらしい。

その瞬間、急に不快な臭いがして気分が悪くなった。昨日店の外で嗅いだのと似た臭いだった。敢えていえば、それは甘い香りに属するのかもしれない。しかし、不愉快な気分にさせる臭いに違いはない。臭いと共に写真撮影スタジオで使うような強い光源となる照明機材がいくつかそこに設置されているのに気付いた。

女の言う通り、中は婦人服の店ではなかった……ただし住居でもないようだった。戸棚などの家具はなく、五郎の立っている場所からは見えない奥まった通路の先の給湯室か便所らしきスペースがある以外、外観ほぼそのままの大きさの陰気な灰色のコンクリートの壁に囲まれた部屋があるだけだ。窓は一つしかない。それも生い茂った雑木林によって、外から塞がれていた。

塗装の剝がれたドラム缶が何本かと、他には積み重なったダンボール箱が三つあり、ビニールに入ったままの状態で数枚、例のラスコーの壁画のTシャツが箱の脇に乱暴に置かれ、破れたところが剝き出しになっていた。何か緊急の用事で、このTシャツが必要になったとしか思えぬ状態であった。前の道路で交通事故などが起こり、けが人の急な大量の出血を止めるために、ガーゼの代わりに使ったとか。

彼女の祖母らしき老婆はダンボール箱の置かれたすぐ近くにいた。足下の周りに、吸殻がやたらと落ちている場所だった。

その姿が目に入って来た際に何かがおかしい、と五郎は思った。

年相応の上品な洋服を着た老婆は、何故か普通の老婆よりも二回りほど巨大に見えた。いや、通常の人間よりも遥かに大きかったのだ。単に大柄な老婆というわけでもなく、プロレスラーか何者かが変装しているのでもなさそうだった。一瞬、そこに単なる老婆の写真を大きく引き伸ばしたパネルが置かれているだけなのか、という気がした。微動だにせず、息すらしていないように見えたそれは、紛れもなく平面ではない、実際にそこに存在し、息もしている本物の老婆だった。珍しい生物を見るような五郎に対し「あんた、誰？」とでも言いたげな、ふてぶてしい表情でパイプ椅子に座っていたのだが、その椅子も心なしか市販の物よりも必要以上に大きい気がした。

その違和感は、単に遠近感の問題であるということで五郎は納得したが、不自然なその存在感に対して、五郎に向けられたまるで心当たりのない敵意だけがやけに現実味を帯びているというバランスの悪さだけが気にかかった。

実際には動いていないように見えた老婆は、指についた液体を時折すすりながら反対の手の上にある紙皿に盛られた何かを食べたり、と実は活発に動いていた。何を食べているのか、よく見ればそれはピクルスだったが一瞬糞のようにも見えたので、五郎は驚きと不快の表情を見せてしまった。それがいままでは原因不明であった老婆の五郎に対する冷たい眼差しに、明白な敵意の理由を与えたかのようだった。

もしかするとピクルスに集まろうとする何匹かの蝿に対して、老婆は不快感を感じているだけなのかもしれない。だが、特に払い除ける様子はなかった。

一瞬だけ、老婆は五郎から目を離した。大きな音のげっぷをした際に下を向いたからで、それ以外はやはりずっと無言のまま、時だけが過ぎ去った。しかし考えようによっては、「あんたたちと違って、わたしらの若い頃は」などと説教を始められるよりはマシかもしれなかった。老婆は相変わらず最初の状態と同じように、ボロッと額に垂れ下がった長い髪の毛の間から貪欲そうに軽蔑の眼差しを向けているのだ。睨み付けるような怪訝な表情だった。

五郎にとってこれは、何となく居心地の悪い状況に感じられ始めていた。老婆から五郎の存在が、どう考えても確実に歓迎されていないのが判るからだ。

やがて、ここに寄る前に行った公園で飲んだ食事代わりの大量の水が、五郎に尿意を催させ始めた。

相手が黙っているからといっても、本来なら「便所が借りたい」などと一言断ってから行くべきなのだが、五郎は完全に無言で奥の便所へと向かってしまった。何となく不自然な大きさに感じられる老婆の特殊な存在は、次第に出来の悪いグロテスクなハリボテを目の前にしている気分にさせ、まっとうな人間としての認識を欠かせてしまい、五郎の相手に対する無礼な扱いを招いてしまったのかもしれない。

案の定、ちゃんと便所に行く際に老婆に断っておけばよかった、とその後に後悔する羽目になった。

便所だと思われていた、その奥まった通路の先の部屋は実際には給湯室や便所などではなかったのである。代わりにそこには木造の階段があった。同じ銘柄のバーボンの空瓶が最初の五段目まで、きちんと一本ずつ載っていた。そこを上に行けば便所があると考えた五郎は階段を上った。

二階というよりも屋根裏と呼べるような薄暗い場所だった。やたら埃っぽかった。下とは対照的に、間接照明すらなかった。閉ざされた薄手のカーテンから漏れてくる少量の光りだけが唯一の明りだった。その光りの透明な帯の中で埃が舞っているのが見えた。蝿が一匹横切った。

一目で、この階には便所がないのが判った。

そして次の瞬間、五郎は部屋の中で最も日光が行き届いていない暗い場所から、何者かの視線を感じた。二つの目が僅かな日光を捉えて反射していたのだ。

冷静に見てみれば、それは埃を被った豹の剝製のガラス玉の眼球が光っていただけだった。その剝製も、心なしか動物園にいる生きている本物の豹よりも、若干大きい印象がした。かつて老婆と共に生活し、その辺を散歩したりしていたのだろうか？　それならば、五郎にはこの剝製の必要以上のサイズの辻褄が合うような気がするのだった。

便所のない部屋には、これ以上用事はないと判断した五郎は階段を降りて下の階に戻ったが、老婆の姿は既にそこにはなかった。床に置かれた汚れた紙皿には思う存分、蠅たちが集まっているのが五郎の目に入った。

黒いカーテンのドアを開け、外へ出ると店の前に女が煙草を吸って立っていた。

「おばあさまはどこへ行かれたのですか？」

「近所のお友達の家に、お便所を借りに行ったみたいですよ。それはそうとお金、ちゃんと貰えましたか？　大金を」

「ああ、大金ね」

多分、自分自身だけでなく何もかもが大きなサイズの老婆だったから、さぞかし通常より大判の硬貨を持っていたに違いない。

「もしよかったら、祖母が焼いた菓子をお持ち帰りになりませんか？」

女は煙草を口にくわえたまま『女子大生仲良し三人組、ライフルで射殺さる』という見出しの新聞紙の包みを五郎に手渡した。それを開くと中に可愛らしい子供の形をしたクッキーが入っていたのだ。予想と違い、市販のものと同様の食べやすい一口サイズだった。五郎は受け取ってまもなく急いで菓子全部をいっぺんに頬張り、包み紙である新聞紙を丸めて乱暴に地面に捨てた。自暴自棄そのものの、荒々しい態度だった。

女は笑みを止めて、慌てて新聞紙を拾おうとしゃがみ込んだが、突然風が吹いて丸まったそれは路上を生き物のように転がっていった。

何故急に憎しみを込めてクッキーを噛み砕き、包み紙をその辺に捨てたのか、五郎は自分でもよく判らなかった。だが、何も考えず行儀よく包みごとアパートに持って帰ったら、食べ終わった後また不必要な新聞紙が増えてしまうところだった。

「こんな所に捨てないでくださいよ」

やっとの思いで丸まった新聞紙を捕まえた女の四つん這いの後ろ姿を見て、その尻を思いきり蹴飛ばしてやればさぞかし驚くことだろうと、五郎は思った。

独り言は、人間をより孤独にするだけだ

突然、精液のツンとする臭いが鼻を襲う。黒い本の表紙には本物の女性器が貼り付いており、その中は精液でたっぷり満たされている。昨日までは普通の目ざまし時計を使っていたのだが、今日からはこの女性器から臭ってくる精液で朝起きることにした。その後は、まるでテレビのチャンネルを替えたかのような全くノーマルな生活が始まる。素早くジャージに着替えて、マラソンをする為に外に出る。が、空の様子を見て「今日は天気がよくないのでマラソンは中止だ」と独り言を述べてまたベッドに直行。

絵に描いたようななまけものぶりが、きっとサラリーマン諸君の反感を買うであろう。しかし、この彼こそがまさにビジネスの神様として人々に記憶されるべき男なのだ。

「俺にとってビジネスとは」。男は口いっぱいに溜った唾を一気に飲み干してから、同じ言葉を言い直した。「俺にとってビジネスとは一体何なのだろうか」ここで彼は一回、軽く咳をする。「少なくとも、私欲の為だけではない……」まるでインタヴューを受けているかのような気分で独り言を話していたが、気がつくとすっかり眠っていた。

次に目が醒めると既に夜だった。彼の家の庭にある明かりが、ひとりでについている。いくら俺がビジネスの神様と呼ばれようとも、こんなに寝てばっかりじゃなぁ、と彼にしては珍しく声に出さず、頭の中で独り言を言ってみた。常に他人から独り言を言ってしまうクセについて指摘されてばかりであったので、これを機に独り言をやめようと思ったのである。しかし、二時間くらいするとまた何やら、ブツブツと独り言を言い始めていた。最早彼にとって独り言とは、脳より先に思考される場であった。ようするに思考されるべき内容が、一度音声として空気中に出現した後に、自らの耳を通ってからやっと脳に入ってくるのだ。巨大ロボットを操る(あやつ)アニメのヒーローが武器を使う時にいちいちその武器の名を叫ばなければいけないのと同じことである。

「俺は絶望にうちひしがれたかのように、死に場所を探している。もし、俺にラッキー・チャンスが廻ってきたのなら、おのずとそれは見つかる筈だ」

そして彼は真夏の夜空を見上げる為に、外に出た。空はかつての戦争を思い出させる、真っ赤な色をしていた。耳を掩う爆撃機の音や爆発音が全く聞こえないせいで、かろうじてこれは戦争でないことを気付かせる。しかし、それ以上の何やら忌まわしい重い空気が、その赤い空から漂ってくるのは否めない事実であった。やがて、遠くから教会の鐘のような音が聞こえてきた。

「今、聞こえている鐘の音は、結婚や出産を祝う類いのものではない。人間が太古の昔より行なってきた淫蕩を呪う為の鐘だ。きっと駅前にオープンしたポルノ・ショップに、神の審判が下される時がやってきたのだ！」

しばらく駅前の広い土地は、ただの空地であった。そこへ大型チェーン店のポルノ・ショップ『ビッグ・ポルノ』が開店したのである。その初日には大勢の大人が大挙して訪れたが、次の日には誰一人として客は来なかった。実は『ビッグ・ポルノ』の名はただの客寄せに過ぎず、本当のところは中身は全く普通のゴルフ・ショップであったからだ。名ばかりのポルノ・ショップにポルノと名乗る資格はないのである。

男はよく考えた挙句、深夜、『ビッグ・ポルノ』の中に潜入することにした。その理由は定かではないが、方法は明快だ。隣接する雑居ビルの屋上から侵入したのである。屋上のドアのガラスを叩き割り、内側のロックを外した。その時、屋上のどこかに居た二匹のドーベルマン犬が彼を襲ったのだ。眼はランランと輝き、自分が死んでもこの人間だけは絶対に殺してやるという気迫が感じられる程の勢いである。

追いつかれる前に逃げなければ、殺される。

男は、必死になって階段を降りる。適当な階で目の前にある部屋に飛び込んでみると、そこはキッチンであった。ドーベルマンたちは最後の数段を飛び降りて、背後の廊下に迫っている。

男は台所の引出しにあるべきである包丁を捜そうとした。

しかし、スプーンやフォークばかりでナイフは全く見付かりそうになかった。

これではダメだ。とにかく時間がない。しかし、なす術もない。しかも、気が付くと、例の独り言のクセが始まってしまうのだ。

「クソッ。あの忌ま忌ましい血に飢えたバカ犬め。まてよ、あの犬二匹バラして中華料理屋にでも売れば幾らになるのかな？」

男は電卓を取り出すとパチパチやり始めた。さすがビジネスの神様である。

路傍の墓石

ブラスバンドを加えての歌合戦。それは何ものにも代え難い程の本物の楽しさだろう。外から聞こえてくる陽気なピッコロの音に、俺は今にも小躍りしたい気分になりながら、それを我慢して机の上の整理に熱中した。

「これが片付くまでに、外の催しが終わってしまわないだろうか？」

未完成の書類を束ねたり、消しゴムのカスをゴミ箱に振い落としたりしながら、その事が心配で堪らなかった。最後に、やっとナプキンで机の上の汚れを拭き取った時に、数発の銃声がブラスバンドの演奏を遮った。

「虐殺だ！」――俺は直感でそう思った。

十七歳と二十七歳の違いとは、一体どんなものなのだろうか？　体力の差、というのは何となく実感できても、精神的にはまるで変化はないと思っていた。他人はどうだか知らないが、少なくとも俺はそうだ。ところで世間で言う『研ぎ澄まされた判断力』を持つ冷静な人は、いつから自らの事をそんな特殊能力を持っていると認識したのだろうか？
「スタート！」
銃声は銃声でも、それは空砲だった。窓の下に見えるのは、血まみれの惨劇には程遠いただの早喰い競争だ。人前に出るには余りにも醜い男女五人が、死に物狂いでアンパンや七面鳥の肉やコーラを喉に詰め込んでいる。彼らの暴飲暴食を、より激しくさせる為にブラスバンドの演奏が再び始まった。さっきまでダンスに夢中だった人々は、今は早喰い競争を観戦して興奮している。

俺の判断力の衰えは深刻なものだ。十年前だったらこんな事にはならなかっただろう。十七の頃、俺は人一倍、ケンカ早かった。その分、正義感も強かったが……。

十年前の駅の東口一帯は、戦後めざましい発展をとげて、名実ともに市内を代表する歓楽街となったばかりだった。地下ショッピングセンターとボーリング場の開設がさらに、郊外から客を運び込む結果となり、特に日曜日は、そういう気味の悪い連中のせいで、空気が淀んだ。口臭か体臭か屁の臭いか何だかよく知らないが、その腐ったキャベツに液状人糞をひたしたような猛臭は、まだ十代で血の気の多かった俺が、郊外からやってきた連中を見付け次第半殺しの目に遭わせるのに十分な理由だった。毎日、学校にも行かず、昼飯のあとは連中を狩る事にのみ情熱を注いだ。

当初は、近寄ってからかう程度のものだったが、奴らの臭い、又は俺の嗅覚のどちらかがエスカレートするにつれて、いよいよ言葉は無用になっていった。

「あっ、あんな所を呑気に歩いていやがるぞ」

日曜日はたいがい親子づれで、ニコニコしながら、連中は駅前通りを歩いていたりする。そんな時は、背後から無言で忍び寄り、家族全員をバットでメッタ打ちだ。

そんなある夏の日、いつものように昼飯が終わって、バット片手に表へ飛び出した。その日の外の空気は、いつもとはどこか異質に感じられたので、ある種の緊張感のせいで体中の毛穴から汗がドッと出た。駅前通りにやってくると、そこは道の両側にすきまなく様々な店舗が並んでいて、それぞれの趣向を凝らしたショーウインドーやカラフルなネオン（昼間だから電源は入っていないが）等が俺の目を楽しませた。どの店も労を惜しまない、創意工夫で勝負している所がいい。

「一体、どの店が一番華やかなんだろうか？　俺が審査員になって、一等賞を決めてやろう」

しかし、いざとなるとそれぞれの店舗が良いというよりも、駅前通りの雰囲気自体が素晴しいのだ、という事に気が付いた。店々から放たれるまばゆい光や電柱に備えつけたスピーカーから流れるムード音楽、洗練された洋服や靴で徘徊する地元住民たち等が渾然一体となって美しいハーモニーを奏でているのである。無論、彼らは意図的に演奏している訳ではない。果物屋、お菓子屋、日用雑貨店、本屋、美容室、バー、大衆食堂、酒屋、葬儀屋等、それぞれが自分の領分をわきまえ、そして他人に譲るべき所は快く譲り、常に互いを引き立て合っている。それが田舎芝居的でなく、あくまでも都会的でクールな態度で完璧に行なわれているのだ。

都市が奏でる雄大なシンフォニーに圧倒されている自分に気が付いた俺は、平常心を保つ為にどこかのカフェに入ることにした。この恐ろしい位に立体的かつ巨大なオブジェに対しては、やはり一カ所の視点から観賞する作業から始めなければ、真実は何も見えてこないだろう。

「おい、学校に行かないで毎日何やってんだ?」

カフェに入ると何故か学校の教師五、六人が居て、全員でぶどうやイチゴ、パイナップル等の果物を食べている。俺は教師を完全に無視し、その場とは正反対のテーブルを見付けるとそそくさと椅子に坐った。待たずしてウェートレスが目の前に現れ、冷たい水とメニューを持ってきた。

「コーヒーを一つ」

俺が素早く注文したので、ウェートレスはメニューをこちらに手渡す間もなく、無言で立ち去った。窓から街並を観賞するフリをしながら、教師たちの会話を盗み聞く為に、いつもは鼻炎で詰まりぎみの鼻息を止める。

「いやあ、本当にアイツは馬の絵を描くのが好きだなあ」

教師たちはそれぞれに馬の絵を手にしている。どれも同じタッチで描かれているのをみると、どれも一人の人間による作品のようだ。

「やはり、アブノーマルな人は絵がうまい」

洗い物を終えたこの店のマスターらしき男が、カウンターから教師たちのテーブルへと歩み寄ってくる。

「先生たちのおかげで、この店も繁盛してます。ありがとうございます」

心から感謝しているらしく、笑顔が本当に輝いている。中年女性の教師が口を挟む。

「馬の絵をお店に飾ると商売がうまくいくって本当なのね」

店には額に入った馬の絵が何枚も飾られている。どの絵も馬の躍動感を見事に捉えて非常に優れているのが、絵画に今まで余り関心のなかった俺にでも判る。本当にひづめの音やいななきが聞こえてきそうだ。

「描いてるか？　描いてるか？」

思い出したかのように、一人の教師がトランシーバーに向かって言う。雑音の中から、かすかに男の声が聞こえる。

「へえ、描いてます。描いてます」

「じゃあ、がんばって、ちゃんと描け」

通信係の教師が受信用のスイッチを押す。

「馬の、絵を、描くのが、ぼくの、唯一の存在理由、ですから」

「ああ、わかってるじゃん」

この町の教師である彼らは、全員が郊外からやってきた連中であることが、まるで洗練されていない服装から判った。とにかく色の組み合わせのセンスが悪い。できるだけ多くの色を身につけるのが、何か美徳のようなものだと思っているのだろうか。六〇年代のサイケデリック、とも全く異質なその衣服の配色に、吐き気を催しそうになった。だから注文したコーヒーが出てくる前に、俺は店を出ようと席を立った。

「ちょっと、お前」

俺の担任が呼び止める。

「どうでもいいけど、学校へ出てこいよ」

俺は死ぬ程頭に来て、

「バカやろう、そんな事より貴様らのファッションセンスをどうにかしろ！」と怒鳴った。

「はあ?」中年女性の教師が、呆れた声を出したので、余計に腹が立った。

「お前らの気色悪い服のせいで俺は、学校に行きたくないんだぞ！」

ふっ、と教師全員の、声にならない失笑が一斉に辺りに放たれる。

「そんな下らない理由で登校しないバカが、一体どこの世界にいる？　お前は学校を服飾の専門学校かなんかと勘違いしてるんじゃないのか？」

「うるせえ！　俺が学校に行かないのは、単純にそれだけじゃねえ」

俺は、グッと唾を飲んで抗議を続けた。

「この町の学校教育は、確実に腐敗している。学校は、今や俺のような不良という公害を生み出すだけの欠陥工場だ」というような内容を教師たちに話した。俺は、十代にしては十分過ぎる程に理路整然と教育問題を論じたつもりだった。

「言いたいことはそれだけか、このフニャチン野郎！」

普段の上品さをかなぐり捨てて、中年女性の教師が反論する。

「碌でもない白痴の不良に限って、そういうどこかの本に書いてあった事をそのまま自論のように、偉ぶって話すのよね。本当にどうしようもない」

彼女の口調はいつもと同じ穏やかさに戻っているのだが、目の前のテーブルの上のコーヒーカップやジュースの入ったコップを、辺りに投げ散らかしている。

「ごまかすな！　お前ら郊外の奴らは、この町を破壊するために送られてきたような連中だ！　俺はこの土地を守るぞ！　お前らを全員殺してでもな！」と俺は心の中で叫んだ。

真剣に話しあおうとしたのが間違いだったのだ。そんな失望感で気分が悪くなった俺はカフェを飛び出した。あいつらは教師じゃない。教師という天使の仮面を被った堕教師だ。

カフェを出て五十メートル程歩いた地点で、急に店内にあった馬の絵のことが気になった。俺は路上でUターンし、カフェに戻った。もう一度、あの馬の絵を目に焼きつけようと考えたからだ。

「いらっしゃいませ！」

一瞬、笑顔で俺を迎えたマスターが、急にぶっきらぼうな態度に変わる。

「あんたみたいな不良にこの店に出入りされると、こっちが迷惑なんだよ。用は何？　忘れ物ならさっさと持ってってよ」

「いや、あの絵をじっくり見たいんだ」

俺は壁に貼られた数枚の馬の絵を指さす。

「あの馬の絵が」

事情が飲み込めないマスターは、俺の指が示す方向を必死で目で追う。

俺はじっくりと間近で見て、よりその絵の素晴しさに引き込まれた。黒いマチエールと淡い紫、そして金色と少々の茶色という非常に限られた色のみで描かれたその絵は、馬というよりは筋肉質の黒人のようだった。目に見えない、すえた臭いが演出する野性のエロティシズム。無論、こんな興奮はまだ十代の俺には、経験したことのない未知のものだ。そしてこの絵を、是非町の美術館付属の教室へ持って行きたい、と俺は考えた。その小さい子供たちの為の夏季美術教室のことは、この町で発行されているタウン誌で読んだ。記事によると、この開放的な雰囲気の美術教室は、教育に関心を持つ人々に高く評価され大変な反響を呼んだという。主任の教師は特にリベラルな思考の持ち主で、子供たちにモデルを使って、黒人の性を包み隠さずに見せるのに、最も力を注いでいるらしいのだ。

「この絵は君が所有しているのかね？」

そこの主任教師が興奮ぎみな様子で俺に話すのが想像できる。彼がいくらリベラルな人物であろうとも、一見大人たちに反抗するしか能のない人間に見える不良の俺が、こんなエロティックな絵の所有者だとはまさか思わないだろう。

「馬を描いているにもかかわらず、見た誰もが黒人の野性的なエロスを想起する……。これはブードゥーの魔術師が、絵に魔法でもかけたのか？」主任教師は俺を一瞥もしないで、絵を凝視しながら話す。「いや、そうじゃない」と俺。

「この作者に、実はまだ会ったことはない。しかし、きっとまだ俺と同じ十代の男なんだと思う。しかも、かなり気の弱そうな奴だ」

しばらくの沈黙の後、主任教師がやっと俺の目を見る。ようやく心を開いたようだ。

「ゲハハハハハハ」

突然の中年女性の下品な笑い声が、主任教師との空想上の対話を遮った。

「ちょっと、みんな見てやってよ。あいつのフニャチンがいきり立ってるわ」

絵の持つエロティィシズムにすっかり魅了された俺は、完全な勃起を催していた。誰の目から見てもジーンズが、不自然な突起をしている。俺は別段、人前で勃起することが恥かしいとは思わないのだが。

子猫が読む乱暴者日記

老人が一人、また一人と次々にやってきて並べられた椅子に座る。全部で椅子は八十席。それらに腰掛けている全員の顔に深く刻まれた皺が、長い人生で喜怒哀楽を読み取らせた。やがて全ての椅子が埋り、空いた席のない老人は帰らされた。もう次の機会はありそうもないので、皆ブツブツと文句を言いながら帰った。

人数が揃い、ちょうどいい頃合を見計らって、ステージの上に黒板と共に置かれたモニターにスイッチが入れられる。少々の沈黙の後、急に映像が現れる。一匹の白い猫がボーッとして床に横になっているのが、安いヴィデオカメラで撮影された粗い画質でブラウン管に映っている。

「この猫は、ここから約四十キロ離れた我が家に居ます。昨日撮ったものです」

田辺さんがマイクを使って老人たちに言う。スピーカーから発せられるその声は、決して力強いとはいえないが、まるで幼児のように澄んだ声だ。

老人たちは二派に分かれた。可愛い猫を見てニコニコする者たちと、田辺さんの天使みたいな声で癒される者たちと。

やがて彼らの感謝の気持ちが、一個の大きなシャボン玉になって会場中を漂い始めた。段々と田辺さんに向けてシャボン玉はゆっくりと近づいてくる。彼はそのシャボン玉の存在に気付いているのだが、知らぬ振りをしてよその方向を見ている。そして遂に彼の顔面に当たって割れたとたん、ビックリまなこで目をパチクリさせ、心から嬉しそうに顔をほころばせた。しかし、よく見ると老人の中の一人が、猫にも田辺さんの声にも無関心な態度をして、黙々とシャボン玉を作って飛ばしていただけだった。これには少々失望させられた。だから、この部屋が禁煙であるのを知っていながら、煙草を吸うことにした。優しそうな人間を崩さずに上着のポケットから一本取り出し、火をつけた。その時にシャボン玉老人と目が合った。

シャボン玉老人は田辺さんの行動をいつも見ていて気になることがあった。よく無意識に煙草を一本取り出し、ここが禁煙であることを忘れて吸い始めてしまいそうになること。そしていざ口にくわえると、絶対に製造会社の名前が印刷されている側に火をつけてしまうこと。前者の段階で終わるときもあるが、大概煙草のおしりに火をつけてしまって「あっ間違えた」と思うのと同時に、ここで煙草を吸ってはいけないという決まりについて思い出すのだ。それを例外なく、毎回必ずやってしまうのである。この男は学習能力が無さ過ぎる。

表情がなく、死人のような灰色の顔をしたシャボン玉老人は漠然と田辺さんの顔をじいっと見ているうちに、彼がどことなく若い頃の自分に似ているような気がした。

田辺さんもまた異様な容貌の人間だった。

普段、人は他人を見るとき、まず髪型に目がいってしまう。「いい男だな」と人が感じるのは、目鼻立ちとかいった具体的なものよりも、その人間の持つトータルなムードに反応するのである。当然、髪型が最も重要な部分ということになる。人は潜在的に他人の髪型に興味を持っているのだ。嘘だと思うのなら、医師や裁判官などの常に冷静な判断を必要とする職種の人に聞いてみればいい。「私は所々にメッシュが入っているのがいい」とか「東洋人のくせに金髪なのが好き」というハッキリした意見が聞ける筈だ。

田辺さんは、自分の髪型を余りにも粗末に扱い過ぎていた。これはまさにプロの美容師でなくとも、助言したくなるような状態だと言える。四十代が近いというのによく運動をする若い人なみに新陳代謝が激しく、抜け毛やフケがひどい。頭皮が発する悪臭は直接頭に鼻を当ててみないと判らないので良しとしても、外観がとにかく見苦しいのだ。バサバサでツヤのない髪。これ程に見ていて食欲をなくさせるものがあるだろうか。パスタと同じ量の髪の毛が紛れ込んだ、ミートソースのスパゲッティが出されるのを想像し、田辺さんの家を訪ねた者は皆飯時前に帰宅した。

偏食や朝食を抜いたりすることが原因なのかもしれぬ。健康的な生活を忘れると、本当に悲惨な髪になるのがよく判ったことだろう。十分な栄養をきちんと摂っていれば、こんなことには絶対にならない。

もし万が一、田辺さんに似合った髪型を発見するチャンスがあって見栄えのいい衣装を入手できたとしても、このような髪の状態では、周囲の人々を幻滅させるだけだろう。それだけではなく、きっと人柄まで問われることになるに違いない。

つやつやとした髪を保つ為に、何故田辺さんは正しい知識を身につけようとしないのだろうか？　手入れ次第で、どうにでもなるのに……。

「あんたさ、自分ん家の猫を自慢するより、自分の見た目をどうにかすべきだよ」

シャボン玉老人は田辺さんのところまで直接来て耳打ちした。大声で言ってやればわざわざ歩かずに済むのだが、それでは彼が意地の悪い老人たちの笑いものになってしまう。結局、近寄ったせいで頭の臭いをかいでしまい、吐き気を催しそうになったが、親近感を覚えずにはいられない田辺さんの為なら仕方がなかったのだ。

田辺さんの方は老人のおせっかいに、完全に悪い気分になってしまった。

彼の髪がひどく汚れているのは、それなりに理由があった。ヴィデオ・アーティストとして国際的に有名な田辺さんは、長い年月をかけて公害のドキュメンタリーを撮っている。一年のうち大半は工業地帯に潜入し、決死の覚悟で撮影を強行しているのだ。間抜けな猫のヴィデオばかりではない。寧ろ、こちらの方がライフ・ワークと呼ぶべき立派な作品なのである。

しかし、汚染された工業地帯で常に排気ガスを頭からかぶるのが、極度に髪の汚れる原因になっていた。その上に帽子も碌に被らない為に紫外線による熱で髪が脱脂状態となり、さらに人目を忍んで敏速に動いて撮影するので髪同士が激しく擦れ合いますますボロボロになってしまうのだ。撮影現場の工業地帯は海に近く、潮風を毎日浴びるのも髪には大変に都合の悪い環境だった。

相変らず続く沈黙に嫌気がさし、俺は静かに舌打ちをした。この暗い部屋の中で、憤激の炎が燃える。そんな俺を他人が見たら、眼鏡をかけた真面目そうな奴が何やら陰気なことを考えてるぞ、とでも思うのだろうか?

衝動的な弱い者いじめを、必死で辛抱強く我慢。意地悪そうな態度を隠す為に、こっそりとカプセルを飲む。この薬さえあれば俺の嗜虐的な性格をカモフラージュできる。

薬の効果を待ちながら、自分の部屋を見回す。何と貧相な場所なんだろうかとしみじみ考える。壁の白いペンキがはげかけ、すり切れた茶色の絨毯は不快な臭いを放つ。

これら全ての原因は、以前この部屋が愛猫家向けヴィデオの撮影所になっていたからだ。壁の傷は猫の爪あとだし、絨毯の毛糸の間には猫の毛がギッシリつまっている。家具などはここには一切ない。堅くてギシギシいうソファと絨毯以外は壊したり引き裂いたりして捨ててしまった。

虚空に向けて、握りしめた拳を振りかざす。自分の座っているソファが、よりひどくバネの音を立て始める。高価な背広を着たいかにも裕福そうな中年男の姿を想像し、そいつを殴った。まだ薬は効いていない。

暫くして、どこからか音楽が聞こえてきた。どんな音楽かは明瞭に聞こえないので判らないが、やけに軽快であるのは感じた。

今の時代、街には音楽が溢れ、テレビやラジオやステレオからガンガンとメロディやリズムが流れ出している。家の中でそれが聞こえても不思議ではない。

最初はシャドウ・ボクシングに合わせてリズムをとっていただけだったのが、我慢し切れなくなって足や腰も動き出す。気が付くとソファから立ち上がって踊っていた。

人前では他人の目を気にして何もできないのに、家では凄く大胆になれるのが不思議だ。特に学生時代。人と目を合わせて話せなかった俺は、教師に指されることに尋常でない恐怖を感じていた。今以上に内向的で人と交わるのが苦手な俺。そんな不器用な奴だったけど、ビクビクしているなんて他人に知られたくなかったから、人一倍よく勉強した。しかし、いざ皆の前で答える時に失敗して全部間違った答やフザケたことを言ってしまい、教師から体罰として陰湿な性的嫌がらせを何度も受けた……。ダンボールの箱に入れられ、密かに学校から教師の自宅の地下室へと運ばれて、一晩かけて嫌らしいことを無理矢理された。精神的ダメージを受けて更に勉強がはかどらず、結局は退学。一日中何もせず家でボーッとしたり、外をフラフラしていた。大きな成功を摑みたいと願って、図書館から経営とかビジネスとかの本を借りたが全く参考にならなかった。

俺はその頃、とにかく何か仕事が必要だった。貯金もまるでなかったし。

最初は実業界に職を求めていたが、やはり不可能だということが判った。

焦りと苛立ちが、俺を絶望に追いつめた。暗く憂鬱な表情でファースト・フードの店に行き、求人誌を眺めてコーヒーを飲むのが日課となった。カウンターで注文する時が苦痛で堪らなかったが。

同い歳と思われる連中が、機械人形としか見えぬ無感情な機敏さと、作られた若々しさでテキパキと客に応対する様が何ともいえず気味が悪かった。と、同時に自分にはできぬことをしっかり成し遂げる彼らの立派さに気後れを感じているのもまた事実だった。

「コーヒー一つください」と俺が注文すれば、すかさず、「ポテトはいかがです」などと言い返す。そんな時、別に腹が減っている訳でもないのに、「じゃ、それもください」と言ってしまうのだ。そんな弱い自分が情けなく、店に行く度に不快な気分になった。

煮え切らぬ自分に嫌気がさし、突然、大胆な行動を取りたくなった。きっとファースト・フードの店でバイトすれば、自分の考えを人にうまく伝えられなかったり、したいことがあっても自分から率先して行動したりできないなどという病気を克服できるに違いないと思いついたのだ。

面接の後、店長の判断で接客には向かないという評価を与えられ、結局は地味な厨房で働くことになった。これには失望させられた。工場で働くのと何ら変りないではないか。しかし、よく考えてみれば工場のように、屈折し陰気な労働者ばかりの職場よりは、陽気で若い仲間たちに囲まれたここの方が精神衛生の上で良いことに決まっている。

腐った動物の血液を連想させる臭気が、頭から足のつま先にまで浸み込んで俺の鼻からはなれない毎日が続き、食欲が減退して死人のような表情になっても、前向きな姿勢を止めようとしなかった。

俺は勇気を出して職場の外でのグループ活動を、朝礼の前に提案してみた。

「今度の日曜日に、非番の人たちでテニスをやってみませんか？」

まともに話したことのない連中に、急にこんな案を出したのが悪かったのか、皆は全然無関心だった。俺の話が終わったと同時に各自、無言で持ち場に就いた。接客の時とは別人のように、冷酷な奴らだ。

泣き出したいくらいの敗北感が、俺を打ちのめした。友人のない俺が友人を作ろうと、折角努力してみたのに……。テニスなどのスポーツに初めて興味を持った自分に驚きを感じつつ、殻を破って外へ出ようとする試みを強行した自分を励ましたい気持ちでいっぱいだったのに……。

「不自然なんだよ、お前のやり方は」

背の高い山田がハンバーグを焼きながら、俺に初めて話しかけてきた。

「自分にとって何が自然体なのか、見究める必要があるな」

そのありがたい助言を、俺は無情にも無視した。

「俺は今まで誰にも無視されたことはねえんだ！」

山田の拳が飛んできた。

「止めろ！」と俺は叫んだ。

それ以来、俺と山田は友達になった。人付き合いがうまくなったような気がしたが、実際のところ彼とはそつなく振舞っているだけで、本物の心の交流なんてなかった。次第に俺は山田との関係が煩わしくなった。人付き合いのうまい自分にストレスを感じるようになってしまったのである。

頑張って自分自身を変えたと思っていたのに、結局は余り変っていなかったのだ。


ちょうど三日前に、店を辞めたばかりだったが今までのことは全て忘れて部屋で踊った。曲が終わると、俺は何事もなかったかのように再びソファで横になった。久々に体を動かしたので極度に疲れたのだ。

俺は体を休めながら窓に目を向け、外の様子を眺めた。空を灰色の雲が覆い、すっかり陰気なフィーリングに街は支配されている。俺はそんなこと別段気にとめず、大きなあくびをした。

「まぁ、こんな日もあるさ」と俺は呟いた。

「フフッ」突然、女の笑い声が聞こえてド肝を抜かれた。

「優雅な踊りを見せてもらったわ」

女弁護士の洋子だ。彼女は俺の部屋の隣で事務所を開いている。いつも仕事から解放されると勝手に部屋に入ってくるのだ。

彼女は大きな縁なしのサングラス越しに俺を見つめる。ガラス張りのこの建物は常に強い陽射しが入ってくるので、彼女は一日中サングラスをかけている。

日中だけならまだしも、夜もサングラスをしなければならないのだ。彼女は目尻の皺を大変気にしていたからである。毎日、時間をかけ、大げさな睫をつけアイシャドウを塗り、皺に注目が行かぬようにメイクした。他人が見れば、完全に無駄な努力であったが。

顔の筋肉を動かさないように気を遣い、話したり微笑んだりする彼女の顔の動きは、どう見ても不自然だ。

「もっと他人から見られているという意識を大切にした方がいい」

俺は彼女にアドバイスしてやろうと思ったが、止めた。余計な世話を焼いて相手を傷つけたりしたら非常に面倒だ。しかも相手は法律のプロであるし、名誉毀損だとか、そんなようなことになっては本当に困るのだ。

俺と洋子は部屋を出て、同じ階の二十五号室のドアの前に立った。気の高ぶっていた洋子は大事なものを忘れたので、一度自分の部屋に戻った。事務所にはちょうど祖母が来ており、彼女を連れて行くべきだと思ったのである。ただの老婆ではないところを、俺に見せたかったのだ。ここ半年というもの洋子は祖母を以前にも増して慕うようになっていた。それまでは家庭の事情などで一度も会ったことがなかったのだが、たまたま親類の葬式で対面した。最初、祖母はなかなか自分の気持ちを表すことはせず、朗々と不明瞭な歌をボソボソと歌うだけで洋子を無視した。長い時間をかけて洋子は祖母の歌の歌詞を聞き取り、細部までメモ帳にボールペンで書き取った。何度も同じ歌を頭から終わりまで繰り返し歌ってくれたので、結局はメモ帳なしで遂に題名も知らぬその歌を空で歌えるように洋子はなっていた。歌うことで祖母は自分の今までの人生を表現し、洋子と一緒に歌うことで孤独をまぎらわし、生きる気力がメキメキと生まれるのを感じた。

洋子が老婆を連れてくる間、俺は二十五号室の前でボーッとしながら、ハート型のペンダントを指でもてあそんでいた。それにも飽きて、洋子が戻ってくる前にドアをノックした。ドアを開けたのは缶ビールを片手に持った強烈な醜男だった。背は一メートル五十センチぐらいで、目と歯が異様に出っぱっていた。

「なんだ、ピザの配達じゃないのか」

俺は醜男のビール腹に、助走をつけて蹴りを入れた。凄まじい勢いで醜男はフッ飛び、居間のソファの裏に落ちた。

俺は生まれながらの乱暴者さ。ガンジーの断食も、マザー・テレサの博愛も、ワシントンの正直さも、俺の暴走を止めることはできない。

天真爛漫な女性

人柄の良さが、常日頃から周囲で評判になっている女性を、工事現場のブルドーザーがひき殺した。

運転手は彼女の素晴らしい内面について、何も知らなかった。

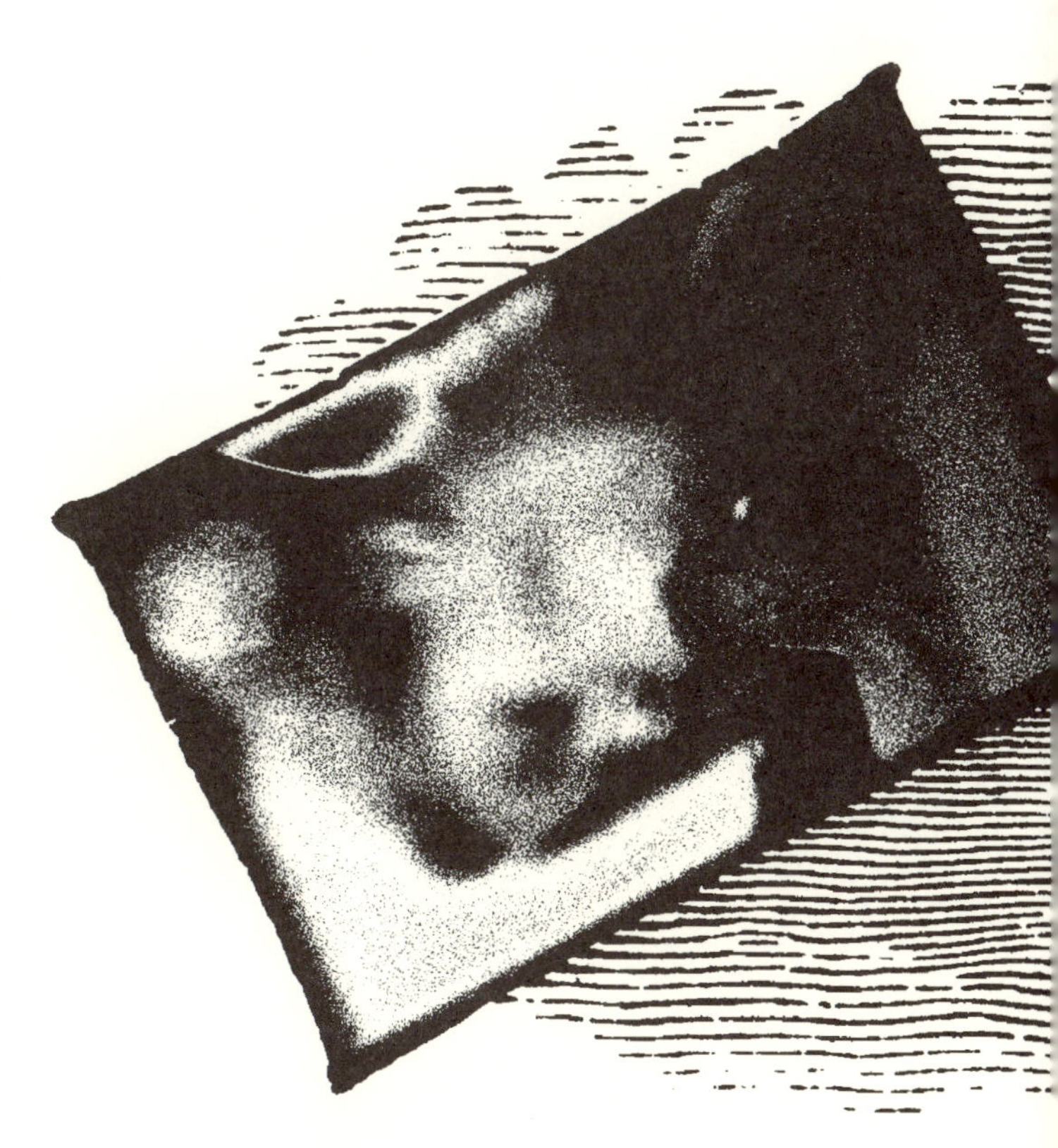

怪力の文芸編集者

彼は何十冊も束ねられた文芸誌を、いとも簡単にヒョイと持ち上げてみせたのだった。その様は妙に勇ましくもあり、フェリーニの名作である『道』に登場するザンパノを思い起こさせた。

「なあに、これくらいお手のものさ」

まさに怪力と呼ぶべき迫力や勢いが、荷物を持ち上げる彼の姿にはあった。実際に持ち上げたのは、大した量の束ではなかったが、かなりの汗が彼の身体から噴き出たような気がした。まだ九月になったばかりで、外も社内も暑い。これではサウナの一歩手前だと誰もが思った。ビールが飲みたくなった。

その文芸誌「瓦」は、彼が編集に携わっているものである。淡々と仕事に打ち込む編集者たちの目の前でその重い文芸誌の束を軽々と持ち上げたのは、安藤という男だ。彼は印刷屋から届けられたばかりの、自分の机の背後に積み上げられた文芸誌の束を肩に担ぐと、黙って編集部のある部屋から廊下に出ようとした。

「おい安藤、ちょっと待てよ！　それ持ってどこに行くつもりなんだ⁉」

さっきまで黙々と他社の文芸誌を読んでいた編集長の岡が、他の編集部の人間がハッとするほどの大声で呼び止める。

すでに廊下に出てしまって姿が見えなくなってしまった安藤が戻ってくる。他の編集者たちはいつものように「やれやれ」という表情だけで特に彼を不憫に思う者もおらず、あくまでもわれ関せずという態度を普段と同じく貫いている。もう慣れてしまっているのだ。

安藤は悪い奴ではない。だが、仕事のできる人間であるかどうかというとそれは疑問である。編集よりも、寧ろ文芸誌の束を運んだりする力仕事の方が似合っているといえるかもしれない。とにかくその骨格は逞しく、全身が引き締まっていた。そのくせにどことなく誰しも愛嬌を感じる顔をしているのが特徴だ。いわゆる艶福家の相の持ち主と呼べるかもしれない……。一見遠目では見栄えのいい服装を身に付けているかのように思わせて、実際には実に見窄らしい感じ……。「これでも英国製の背広であり、専門の仕立て屋による高価なものだ」と誰かと話す機会が今後あればそのように伝えたい、と日頃から考えてはいるのだが……。

たまたま編集部の誰かの机の上のラジオで、ジョージ・ベンソンの〝ブリージン〟が流れていた。誰の耳にも、何ともいえない爽快感が聴いたあとに残る名曲だ。しかし、さほど以前ではないいつぞやに、この編集部で一度聴いたような気が皆していた。いつでもここではこの曲が流れているような気さえした。終わりの永遠に来ない長大な一曲を、ずっと聴かされているのかもしれないのだった。

安藤は戻ってきた。大きな仕事を成し遂げたとでも言いたそうな、非常に満足げな表情。彼にとって力仕事は唯一の存在証明なのかもしれない。それが安藤が安藤たる所以とでもいおうか。

「安藤、あれを廊下に出せなんて、まだ一言も言ってないぞ。また俺の机の脇に戻してくれよ」

岡が言った。大仕事を終え、一息ついているつもりであった安藤はすぐさま立ち上がって、再び廊下の方へ。女レスラーでない限り、普通のか弱い女性であれば、いっぺんに持ち上げられないであろう何十冊もの文芸誌の束を男らしく、いとも簡単に軽々と持ち上げてみせた。その様はやはり勇ましかった。

「なあに、これくらいお手のものさ」

まさに怪力と呼ぶべき迫力や勢いが、荷物を持ち上げる彼の姿にはあった。実際に持ち上げたのは、先程とは変わらず大した量の束ではなかったものの。

「おまたせ、はいどうぞ！」

安藤以外の者がそのような皮肉混じりにしか聴こえぬことを言えば、たちまち嫌な雰囲気になったであろうが、彼にはまったくそんな含みはないのが誰でもわかる。しかし、ものを運ぶときくらい、黙って行動できぬものであろうか。余計な発言や仕草。それが彼の場合、いつも周囲の人間の気に障った。それでいて、いつも泰然自若としている態度も、人々が彼を気に入らない原因となっていたようだ。

岡の机の横にどさりと「瓦」の束が置かれた。岡はとりあえず満足した。ちゃんと安藤への要望通り、自分が編集長を務める文芸誌が出来上がったばかりで手元にやってきたのだから。

安藤はラジオから流れて来る旋律を聴いて、しばらくボーッと立ち尽くしていた。所詮、音楽に興味など持っていないのではあるが。

しばらくして、また岡は安藤に言った。

「また最新号を束で持って来てくれ」

安藤は何十冊も束ねられた文芸誌を、ヒョイと持ち上げた。その様は妙に勇ましく、フェリーニの名作である『道』に登場するザンパノだけでなく、六〇年代にイタリアで大量に制作されたヘラクレスなどが古代ローマで活躍する娯楽映画を思い起こさせた。

「これくらいはお手のものさ」

まさに怪力と呼ぶべき迫力や勢いが、荷物を持ち上げる彼の姿はあった。今度も大した量の束ではなかった。しかも、安藤には映画など、特に古い名画など観る趣味はなく、フェリーニという監督も『道』という映画の存在も知らなかった。だが、彼が下手に観ていたり、知っていたりしたのならば、ザンパノを演じていたアンソニー・クインを意識した仕草を意図的に嬉々として盛り込んだりするだろう。不幸にもその光景を目にしてしまった者たちは非常に不愉快な気持ちにさせられたに違いない。もっとも彼は幼稚な模写能力しか持ち合わせていないであろうから、誰の目から見てもそれが何を模しているのか皆目見当がつかなかったであろうが。何故ゴリラの物真似など始めたのか？　と首を傾げられるのがオチだ（もっとも実際には編集部の誰にも相手にされず、無視されるだけであろうが）。

安藤は印刷屋から届けられたばかりの、自分の机の背後に積み上げられた束の二つを両肩に担いだ。

「おまたせしました、はいどうぞ！」

安藤以外の者がそのような皮肉混じりにしか聴こえぬことを言えば、たちまち嫌な雰囲気になったであろうが、彼にはまったくそんな含みはないのが誰でもわかる。しかし、ものを運ぶときくらい、黙って行動できぬものであろうか。余計な発言や仕草。運んでくるたびに、そのようなことを言われては対応する方も面倒臭い。もっとも業界一の鬼編集長と呼ばれる岡は、あっさりと無視することができた。他の編集者と同じように、もう慣れている。

岡の机の横にどさりと「瓦」の束が置かれた。岡はとりあえず満足した。ちゃんと安藤への要望通り、自分が編集長を務める文芸誌が出来上がったばかりで手元にやってきたのだから。

「おい、安藤。すまないがまた束で持ってきてくれ」と「瓦」を一冊手にした岡が言う。

彼は自分の背後に積み上げられた何十冊も束ねられた文芸誌を、いとも簡単にヒョイと持ち上げてみせたのだった。その様は妙に勇ましくもあり、どうしてもフェリーニの名作

『道』に登場するザンパノを思い起こさせたのだった。

「なあに、これくらいお手のものさ」

まさに怪力と呼ぶべき迫力や勢いが、荷物を持ち上げる彼の姿にはあった。歯を食いしばり、じっとこらえて重いものを持ち上げる表情がその様を見ていた誰の印象にも残った。実際に持ち上げたのは、大した量の束ではなかったのが残念だが。彼ならば、これの二倍までは簡単に持ち上げられたのではないか。

安藤は印刷屋から届けられたばかりの、自分の机の背後に積み上げられた文芸誌の束を肩に担ぐと、黙って編集部のある部屋から廊下に出ようとした。

「おい安藤、ちょっと待てよ！　それをどこに持っていくつもりなんだ⁉」

編集長の岡が、他の編集部の人間が何事かと思ってしまうほどの大声で呼び止める。数ヶ月前に掲載した白石忠夫という人気作家の長篇小説『呪縛と免罪のはざまで』が評判になり、賞もいくつか受賞してベストセラーになったのがきっかけでテレビドラマ化され、来月から放送されることに関しての打ち合わせの電話を制作会社にかけようとして、岡が受話器を手に取ったところであった。

岡の声に気がつかなかった安藤が廊下に出ると、社長がボーッと立ち尽くしているのが目に入った。その脇には以前、安藤が少しだけ話した覚えのある新入社員もいた。若いのに、髪が薄かった。頭部の所々に円形脱毛症が目立っていた。

そこは喫煙室であるわけでも、休憩用の椅子が置いてあるわけでもないただの廊下。社内の暑さを癒すような巨大なクーラーの涼しい風を吹き出す口があるわけでもない。通りかかるだけならともかく、人間が立っているにはどこか居心地が悪そうに見えた。両者は特に何を語りあうでもなく、ただひたすらそこにいるだけである。微妙な角度で互いに向き合い、ほんの数秒前には何か話をしていたようにも見えたが、少なくとも安藤の前では両者それぞれ特に意識せずにいるようだった。しかし、どこか不自然で、安藤の姿を見て急に対話を止めてしまったような気がしたのだった。

「おい、安藤！」

ようやく岡の声が聴こえて、安藤が再び戻ってきた。他の編集者たちはいつものように「やれやれ」という表情だけで、あくまでもわれ関せずという態度を普段と同じく貫いている。

安藤は悪い奴ではない。だが、仕事のできる有能な奴なのだと言われるとそれは甚だ疑問である。編集よりも、寧ろ文芸誌の束を運んだりする力仕事の方が彼には合っている。子供の頃は家に転がっていた小説の類いの本の表紙を眺めるのが好きだった。中身は読んでいない。多分、それらは親が好んで読んでいた松本清張か何かであったであろう。漫画はよく読んでいたが、絵と言葉に対して目を向けるタイミングや気を使う配分がわからず、結局は何も頭に残らなかったのである。小説も一冊まるごと読了した記憶はない。だから入社したての新人の頃、そんな自分が文芸誌に配属されるなど思ってもみなかったのである。もともと大学では文学と何の関係もない柔道に熱を入れていたのであり、いまのいままで読書など特にしたことはなかったし、こうして文芸誌の編集などをやっている現在もそうである。だから、この編集部に来た当初は文学などどうだっていい、と思っていたのだが、堕落し切った文学者と呼ばれる類いの人々などと関わるようになって、だんだんとそのうちに形骸化したといわれ続けて久しいこの文学業界をどうにかしなければという気分になってきたのだった。こうした変化が何故自分の中で起こったのか、自分ではよくわからなかった。興味のなかった文学の世界に、ここまで情熱を傾けることになろうとは夢にも思っていなかった。文学はもちろん、出世なども考えずひたすら楽して行こうと考えていた自分がいまでは懐かしいものである。

相変わらず編集部の誰かの机の上のラジオで、ジョージ・ベンソンの〝ブリージン〟が流れていた。誰の耳にも、何ともいえない爽快感が聴いたあとに残る名曲だ。洗練されたソフトでメロウな音。コール＆レスポンスなどを強要する類いの派手な音楽を、この編集部にいる人間の大半は嫌っていたので、この〝ブリージン〟はＢＧＭとしてまさにうってつけの曲だった。思わず、「おっ、さすがだ」と聴きながら呟いてしまう瞬間の連続。だが、安藤にとっては一片の関心も惹(ひ)かれることはなかった。音楽を聴くなどということ自体が彼にとっては何の価値もない行為でしかなく、何を聴いても街頭の騒音と同じもしくはそれ以下だった。音楽とは、することのない低能が好むもの、とすら考えていた。

安藤は戻ってきた。大きな仕事を成し遂げたとでも言いたげで、非常に満足げな表情。彼にとって力仕事は唯一の存在証明であるのかもしれない。

「瓦」編集部専用の冷蔵庫に向かい、扉を開けて太い腕を突っ込み、段ボールごと冷やしてある缶コーヒーを一つ取り出す。それを持って安藤は席に戻った。外と大差なく暑い社内では、こうして飲料水で体温を下げる以外に、快適に仕事をする方法がないのだ。

「おい安藤、あれを廊下に出せなんて、一言も言ってないぞ。また俺の机の脇に戻してくれ」

岡が言った。大仕事を終え、一息ついているつもりであった安藤はすぐさま立ち上がって、再び廊下の方へ。女レスラーでない限り、普通の女性であれば、いっぺんに持ち上げられないであろう何十冊もの文芸誌の束を、いとも簡単にヒョイと持ち上げてみせた。その様はやはり勇ましくもあり、当然のようにフェリーニの名作である『道』に登場するザンパノを誰もが再び思い起こさずにはいられなかったのである。たまたま先日も衛星番組で放送されたばかりであったのだ。

「なあに、これくらいお手のものさ」

まさに怪力と呼ぶべき迫力や勢いが、荷物を持ち上げる彼の姿にはあった。実際に持ち上げたのは、先程とは変わらず大した量の束ではなかったものの。

「おまたせ、はいどうぞ！」

安藤以外の者がそのような皮肉混じりにしか聴こえぬことを言えば、たちまち嫌な雰囲気になったであろうが、彼にはまったくそんな含みはないのが誰でもわかる。そのときの彼が憤懣やるかたない気持ちに陥りそうになっていたのは確かだ。しかし、ものを運ぶときくらい、黙って行動できぬものであろうか。余計な発言や仕草。それが彼の場合、いつも他の人間の気に障った。同僚の女性編集者の人気があると言い難かったのは事実である。

岡の机の横にどさりと「瓦」の束が置かれた。岡は『呪縛と免罪のはざまで』の制作会社の担当プロデューサーである加藤と仕事の話を電話でしながら、安藤が「瓦」を積み上げる様子を見て、とりあえず満足した。安藤への要望通り、自分が編集長を務める文芸誌が出来上がったばかりで手元にやってきたのだから。

もう安藤の背後には、「瓦」の最新号の束はなかった。だから、箒と塵取りを持って来て、束を包んでいた紐や包装紙、印刷所から持ってくる際に付着していた細かいゴミを丁寧に片付けた。

しかし、しばらくすると宅急便の人間が再びやって来て、最新号の束を安藤の背後にて黙々と積み始めたのだった。

その様子を目にしてから、岡は安藤の方に向かって言った。

「やっぱりまだもうちょっと必要だな……」

安藤は何十冊も束ねられた文芸誌を嫌な顔一つせずにいとも簡単にヒョイと持ち上げてみせたのだった。その様は妙に勇ましくもあり、フェリーニの名作である『道』に登場するザンパノをどうしても思い起こさせた。そのような単なる個人的な印象など、さして重要ではないだろうが。

「なあに、これくらいお手のものさ……男がこれくらいのもの、平気で持てないでどうする」

まさに怪力と呼ぶべき迫力や勢いが、ものを持ち上げる彼の姿にはあった。実際に持ち上げたのは、大した量の束ではなかったのだが、その内に秘めたる徒労感は凄まじいものであったかもしれない。無実であるにもかかわらず何か罪を着せられ、死ぬまで太陽の下に出ることなく地下牢に監禁され、最後の最後まで心の平静を与えられることなく死んでいった人間の存在が、安藤の脳裏にふと思い浮かんだ。その人物が誰で、いったいどの国でどの時代に生きた者なのか、まったく想像もつかず、ただ何となくそのような人物がかつて存在して、とんでもないほど辛い人生が何の変化もなく何十年も続いて死んでいったことをボンヤリと想像したのだ。いまのところ自分はそこまで厳しい人生ではないけれど、もしこの世界に存在する人々にランクをつけるならば、自分はその人間と時代や国は違えど所詮同じポジションかもしれない、と安藤は考えたのだった。

安藤は印刷屋から、また届けられたばかりの、自分の机の背後に積み上げられた文芸誌の追加分の束を肩に担ぐと、黙って編集部のある部屋から廊下に出ようとした。

「おい安藤、ちょっと待てよ！　それをどこに持っていくつもりなんだ⁉」

編集長の岡が、他の編集部の人間がハッとするほどの大声で呼び止める。すでに電話での打ち合わせは終わり、受話器はもとの位置に戻されていた。

すでに廊下に出てしまって姿が見えなくなってしまった安藤が、再び戻ってくる。他の編集者たちはいつものように「やれやれ」という表情だけで、あくまでもわれ関せずという態度を普段と同じく貫いている。本気で呆れる、という状態などとっくに過ぎてしまっていた。

安藤は悪い奴ではない。だが、仕事のできる人間かどうかというとそれはどうなのか。やはり編集よりも、文芸誌の束を運んだりする力仕事の方が似合っている。そのような事実を公表せんばかりに岡は安藤に、こうした文芸編集者らしからぬ単純でつまらない力仕事ばかり押し付ける。安藤の中での文学に対する闘志のようなものが、歯痒いくらいにゆっくりと音を立て崩壊していくのが感じられた。編集部に持ってくる段階で宅急便の人間に、岡の近くに運ばせるようにすればよいのに。

安藤はよく岡に力仕事を命じられる。世の中には力仕事を命じられる人間と命じられない人間との区別があるとすれば、岡にとって安藤はまさに力仕事を命じるに最もうってつけの人間であったようだ。

編集部の誰かの机の上のラジオで、夏に聴くには相応しいジョージ・ベンソンの〝ブリージン〟が流れ続けていた。誰の耳にも何ともいえない爽快感が聴いたあとに残る名曲だ。何度聴いても、名曲の印象はそうそう変わるものではないのだ。

流れている曲に反して、やはり社内は暑かった。社長が強制的に決めた省エネ強化週間のせいでもあるが、九月が始まったとはいえ、まだ夏は終わったとは言い難く、不愉快な東京の暑さは衰えを感じさせない。まだまだ当分は気候に何も変化はないと思われた。

安藤は戻ってきた。大きな仕事を成し遂げたとでも言いたそうな、非常に満足げな表情。彼にとって力仕事はやはり唯一の存在証明なのかもしれない。

「安藤、あれを廊下に出せなんて、一言も言ってないぞ。また俺の机の脇に戻してくれ」

岡が言った。大仕事を終え、一息ついているつもりであった安藤はすぐさま立ち上がって、再び廊下の方へ。女性であれば、いっぺんに持ち上げられないであろう何十冊もの文芸誌の束を、男らしく簡単にヒョイと持ち上げてみせた。その様はやはり勇ましくもあり、フェリーニの名作である『道』に登場するザンパノを再び思い起こさせずにはいられなかった。

「なあに、これくらいお手のものさ」

まさに怪力と呼ぶべき迫力や勢いが、荷物を持ち上げる彼の姿にはあった。実際に持ち上げたのは、先程とは変わらず大した量の束ではなかったものの。

「おまたせ、はいどうぞ！」

安藤以外の者がそのような皮肉混じりにしか聴こえぬことを言えば、たちまち嫌な雰囲気になったであろうが、彼にはまったくそんな含みはないのが誰でもわかる。しかし、ものを運ぶときくらい、黙って行動できぬものであろうか。余計な発言や仕草。それが彼の場合、いつも他の人間の気に障った。加えて、いつも昼飯時になると大きな態度に見えてしまう感じを濃厚に漂わせながら会社の廊下の中央を常に歩き、偉そうに社内を見回ったりする習慣が嫌がられる原因となっていた。やがてそれがエスカレートし、新入社員たちが犠牲者になった。

「おい、俺はこう見えても『瓦』編集部の人間だ。お前の先輩だ。すれ違うときは挨拶くらいしろよ」

図体の大きな男にそのようなことを強要されれば、誰しも言われた通りに頭を下げないわけにはいかない。

「そうだ、挨拶を絶対に忘れるなよ」

と一応、安藤は満足した。そのとき、彼が立っていた脇にある緑が生い茂った植え込みがワサワサと音を立てて動いた。誰かがそこに潜んで聞き耳を立てていたと思われる。

その後、恐らくそこに潜んで一部始終に聞き耳を立てていた人間が挨拶の強要事件を社長に話したらしいのだ。あるとき、廊下ですれ違った社長が安藤に注意した。

「安藤君、新人社員に挨拶を強要するのはよくないよ」

「すいません、社長。しかしですね……わたしの愛社精神は理屈なんかじゃ割り切れないものなんです。文学に対する忠誠心だって」

安藤は必死に弁解しようとした。

「そんなに挨拶がして欲しかったら、相手が自分から自然に頭を下げたくなるような人間になればいいいじゃないか」

社長は良心的な文芸誌を出すような文化的貢献を惜しまない良心的な出版社の代表者として恥ずかしくない態度を見せた。だが安藤にとってそれは、何の価値もない、つまらない戯言にしか聴こえなかった。それは型にはまり過ぎて、時代遅れで、いまさら唾棄するのにすら価しない。相手が雇い主でなければヘラヘラと嘲笑って、あからさまに侮蔑的な応対をしてしまうところであった。

岡の机の横にどさりと「瓦」の束が置かれた。岡はとりあえず満足した。ちゃんと安藤への要望通り、自分が編集長を務める文芸誌が出来上がったばかりで手元にやってきたのだから。

「また頼むよ、安藤」と岡が言う。

「了解しました」

安藤は熱意ある口調で答えた。彼の負けじ魂がそうさせるのだ。そのような単なる思い込みだけのやる気など、誰の耳にも聴こえていないだろうが。

再度、彼は何十冊も束ねられた文芸誌を、いとも簡単にヒョイと持ち上げてみせた。その様は妙に勇ましくもあり、フェリーニの名作である『道』に登場するザンパノを思い起こさせた。

「なあに、これくらいはお手のもの」

まさに怪力と呼ぶべき迫力や勢いが、荷物を持ち上げる彼の姿にはあった。実際に持ち上げたのは、大した量の束ではなかったが。

安藤は印刷屋から届けられたばかりの、自分の机の背後に積み上げられた文芸誌の束を両肩に担ぐと、黙って編集部のある部屋から廊下に出た。先程までただ立ち尽くしていただけの社長が廊下を去ろうとしたところだったので、文芸誌の束を抱えた安藤は丁寧な挨拶をした。特に笑顔のない、無言のままの軽い会釈だけが返ってきた。

「おい安藤、ちょっと待てよ！　それをどこに持っていくつもりなんだよ⁉」

編集長の岡が、他の編集部の人間がハッとするほどの大声で呼び止める。

すでに廊下に出てしまって姿が見えなくなってしまった安藤が再び戻ってくる。他の編集者たちはいつものように「もういい加減にしろ」といわんばかりの表情で、あくまでもわれ関せずという態度を普段と同じく貫いていた。

安藤は確かに悪い奴ではない。だが、仕事をこなせる奴かどうかというとそれは疑問だ。編集よりも、寧ろ文芸誌の束を運んだりする力仕事の方が似合っているのだ。

まだまだ編集部の誰かの机の上のラジオで、ジョージ・ベンソンの〝ブリージン〟が流れ続けていた。何ともいえない爽快感が聴いたあとに残る名曲だ。そのようなすばらしい曲ならば、何度でも繰り返し聴いてもよい。

安藤は戻ってきた。大きな仕事を成し遂げたとでも言いたそうな、非常に満足げな表情。彼にとって力仕事は唯一の存在証明であるのかもしれない。

「あれを廊下に出せなんて、まだ一言も言ってないぞ。面倒だろうが、また俺の机の脇に戻してくれよ」

岡が言った。

大仕事を終え、一息ついているつもりであった安藤はすぐさま立ち上がって、再び廊下の方へ。女レスラーでない限り、普通のひ弱な女性であれば、いっぺんに持ち上げられないであろう何十冊もの文芸誌の束を、いとも簡単にヒョイと持ち上げてみせた。その様はやはり勇ましくもあり、フェリーニの名作である『道』に登場するザンパノや、どこかの現場にいるような勤勉で優秀な土木作業員を再び思い起こさせずにはいられなかった。

「なあに、これくらいお手のものさ」

以前の社屋の地下倉庫から、頻繁に束で運んでいた頃を思い出せば、多少広くなった編集部内を運ぶなんて大した苦労ではない。あの湿気と臭気が漂う地下倉庫には二度と戻りたくないのだ。そこで実際にネズミを見た者は誰もいないが、いても何らおかしくはないような雰囲気だった。だが、いかに居心地のよくない場所であろうと、単なる個人的な印象でしかない「雰囲気」などという、あくまでもあいまいな気分など、さして重要視するべきではないだろうと、社長は地下の改善に努める様子を最後まで見せなかったのである。

とにかく、まさに怪力と呼ぶべき迫力や勢いが、荷物を持ち上げる安藤の姿にはあったと特筆すべきであろう。実際に持ち上げたのは、先程とは変わらず大した量の束ではなかったものの、無料で鑑賞できるスペクタクルとしては立派なもの。

「おまたせしましたね」

安藤以外の者がそのような皮肉混じりにしか聴こえぬことを言えば、たちまち嫌な雰囲気になったであろうが、彼にはまったくそんな含みはないのが誰でもわかる。だが、実際にはどうなのか。皮肉を言えるくらいの気が利くならば、もっと他に気を利かせる場面が仕事上いくらでもあったであろうに。気の利いていると思わせる出来事は誰がいくら時間を割き、そのことを思い出そうとしても一向に具体的事例は浮かんでこなかったのである。同僚たちが一堂に会し、そのことについて討論などをすれば一件くらい思い当たる例が挙がったのかもしれない。しかし彼らはそのような討論には何も興味を示さなかったし、そもそもそういう話し合いをしようと言い出す者すらいないのでは、どうにもならない。ただ話し合いなどせずに共通して彼らの感じたことは、安藤は黙って行動できぬものであろうか、ということであろう。顕著に余計な発言や仕草。それが彼の場合、いつも他の人間の気に障った。

岡の机の横にどさりと「瓦」の束が置かれた。岡はとりあえず満足した。ちゃんと安藤への要望通り、自分が編集長を務める文芸誌が出来上がったばかりで手元にやってきたのだから。

「何度もひつこいようだけど、また持ってきてくれよ」

岡が言った。

安藤は文句一つ言わず、何十冊も束ねられた文芸誌を、いとも簡単にヒョイと持ち上げてみせたのだった。どこか迫力さえあった。仕事に対する不満を、重いものを持ち上げる際の不必要なまでの勢いで表現するしかないのだ。その様は妙に勇ましくもあり、どうしてもフエリーニの名作『道』に登場するザンパノを思い起こさせた。その様子は、何度同じ力仕事をさせられても、まだまだ力が十分に漲っているようではあったが、どこか心労で面やつれしているように見えなくもなかった。だが、それが却って一抹の風情を演出しているようにも誰もが感じられるのだった。

「なあに、これくらいはお手のものさ」

まさに怪力と呼ぶべき迫力や勢いが、荷物を持ち上げる彼の姿にはあった。実際に持ち上げたのは大した量の束ではなかったが、仕事に対する不満を、こうして重いものを持ち上げる際の不必要なまでの勢いで表現するしかない。彼は生まれながら、自分の気持ちを伝えるために表情を作ることが苦手であったから。

その文芸誌「瓦」は、彼が役割的に重要であったかは別にして、一応編集に携わっているものである。安藤は印刷屋から届けられたばかりの、自分の机の背後に積み上げられた文芸誌の束を肩に担ぐと、黙って編集部のある部屋から廊下に出ようとした。

「おい安藤、ちょっと待てよ！　それをどこに持っていくつもりなんだ⁉　俺の机の脇に持ってこいよ！」

編集長の岡が、他の編集部の人間がハッとするほどの大声で呼び止める。

すでに廊下に出てしまって姿が見えなくなってしまった安藤が大急ぎで戻ってくる。他の編集者たちはいつものように目もくれず「やれやれ」という表情だけで、あくまでもわれ関せずという態度を普段と同じく貫いているのが、部外者でもよくわかる。目に見える暗黙の了解というやつであろう。

安藤は決して悪い奴ではない。そのようなことはもはや誰も問題にはしていなかった。だが、仕事のできる奴かどうかというとそれはどうか。編集よりも、寧ろ文芸誌の束を運んだりする力仕事の方が合っているのは紛れもない事実だ。だからいっそのこと運送屋にでも転職したらいいのでは？　と社内の誰もが思った。あるとき、アルバイト雑誌の宅急便の求人広告に赤いボールペンで印を付け、そのページを開いたままで安藤の机の上に置いておくという陰湿な嫌がらせを何者かがやった。翌朝、安藤が出社し、机の上のアルバイト雑誌に気づくことは気づいたが、特にそのページの印された赤いインクに目をやることなくゴミ箱に捨ててしまった。嫌がらせには一切気がつかなかったようだ。

どこかよその編集部の誰かの机の上のラジオで、ジョージ・ベンソンの〝ブリージン〟が流れていたのがようやく終わった。女性のアナウンサーによる道路交通情報が始まった。それでもしばらくは誰の耳にも、何ともいえない爽快感が残った。願わくば〝ブリージン〟の後に収録されているレオン・ラッセルのカバー〝ディス・マスカレード〟も続いて聴きたかった。当時のヒットチャートでは、断然こちらの曲の方が上であった……それなら仕事を終え、家に帰ってからCDを聴けばよいのであろう。

安藤は戻ってきた。大きな仕事を成し遂げたとでも言いたそうな、非常に満足げな表情。

困難極まりない任務を果たしたかに見える大仰な仕草を強調。彼にとって荷物のちょっとした移動などの力仕事は唯一の存在証明なのだ。彼がやらなければ、他の誰もやらない。そのような男がわざわざ、文芸誌の編集部にいる意味などなかった。ただひらすら空っぽだった。

編集部の窓から見える隣の区のゴミ処理場の煙突から立ち上る灰色の煙を黙って見つめながら、いまそこに存在する忌まわしき「空虚さ」についてボンヤリと思いを巡らせていると、だんだんと安藤は現在自分が空腹であるように何故か思えてきた。何か口にするものはないかと机の引き出しを開けてみると、以前近所の弁当屋で昼飯を買った際に付いてきたインスタントみそ汁の小さな袋が目に入った。その中の粉末をコーヒーカップに開け、お湯を注いで飲もうかと考えた。当分は出前など電話で注文するような金銭的余裕はなかった。

「安藤、あれを廊下に出せなんて、まだ一言も言ってないぞ。ご苦労だが、また俺の机の脇に戻してくれよ」

ふてぶてしく煙草を吸いながら、岡が言った。大仕事を終え、一息ついているつもりであった安藤はまだ開封していないみそ汁の袋を机に置き、すぐさま立ち上がって再び廊下の方へと向かった。いくら学生時代に厳しい柔道部の練習に耐えた我慢強く温厚な安藤でも、今度ばかりは明らかにムッとした表情を演劇的に作るよう心がけた。何度も何度も同じことはやらせるな、という思いを込めて。だったら編集長も手伝えばいい。いくら自分が文芸編集者としてはいささか無能であろうとも、アルバイトでもできる簡単で単調な作業を何度も何度も執拗にさせるとは。しかし、そのようなプライドを捨てることが、編集者としての第一歩だというのは百も承知だ。こうなったらプライドを捨てて商売としての文学を成立させ、金銭によって捨てたプライドの何倍もの何かを取り戻すしかない。だから、この拷問としかいいようのない単調な作業を、自制することで切り抜けなければなるまい。志の高い自分には分相応でない下等な作業で汚されてしまった自分の品位も、一人になったときにすべて洗い流してしまえばいい。将来に用意されていると思われる輝かしいキャリアのことを、ボンヤリと想像するだけで救われた気持ちになってくるのである。あたかも空っぽな器が、何かで満たされた気分になるのだ。それは粉末のみそ汁でも何でもいい。

女レスラーとまではいわないとしても普通の女性であれば、いっぺんに持ち上げられないであろう何十冊もの文芸誌の束を、いとも簡単にヒョイと持ち上げてみせた。その様はやはり勇ましくもあり、フェリーニの名作である『道』に登場するザンパノを再び思い起こさせずにはいられなかった。それは『道』をまだ観たことのない安藤のような人間であっても、あの強烈な人物の存在を信じさせるに足るものであったと確信せざるをえない迫力。

「なあに、これくらいお手のものさ。簡単に持ち上げられるんだよ、このくらい」

まさに怪力と呼ぶべき迫力や勢いが、荷物を持ち上げる彼の姿にはあった。実際に持ち上げたのは、先程とは変わらず大した量の束ではなかったものの。

「おまたせしました、はいどうぞ!」

安藤以外の者がそのような皮肉混じりにしか聴こえぬことを言えば、たちまち編集部内は不快な雰囲気に陥ったであろうが、彼が言えばまったくそんな意図はないと誰もが考える。しかし、ものを運ぶような単純作業くらい、黙って実行に移せぬものであろうか。余計な発言や仕草。それが彼の場合、いつも他人の気に障るのだ。しかし、彼に同じような不快を感じる人々がいくら集まろうとも、単なる個人的な印象など、さして重要ではないので何も変化など起きようもない。彼らも、そんなことなど期待していない様子だった。

岡の机の横にどさりと「瓦」の束が、戦場の塹壕のように置かれた。岡はとりあえず満足した。ちゃんと安藤への要望通り、自分が編集長を務める文芸誌が、いますぐ必要ではない量にもかかわらず、たった一言で積み上げられたのだから。ピラミッドの建築を灼熱の太陽の下で民衆に急ぐよう命令するファラオのような気分を、一人味わいたかったのかもしれない。

さほど疲れてはいないが、安藤は疲れたような振りをしたくなって若干千鳥足風の歩行で自分の机に戻った。そして一度だけ溜息をついてみた。その溜息は注意して聴けば多分に演劇的に聴こえる、いかにも言語表現としての音声であった。しかし、それを安藤以外の誰も聴いていなかったため、何の関心も呼ばなかったようだ。

満足げな表情を浮かべて岡が、先程まで吸っていた煙草の吸い殻が真ん中から折れて灰皿の中央で一本だけで転がっているのを見つめる。まだ必要はないが、安藤に灰皿を台所でキレイに洗って来るよう命令するのも悪くはないと考えていたのだった。

誰も映っていない

「小説のことなら俺にまかせろよ！　どんな出版社の雑誌にも俺の書いた面白い文章がガンガン載るようになるぜ、じきに」

　大学の頃、仲間で飲みに行くと、あいつはいつも自分の将来の話になって、そして決まって得意げにそのようなことばかりを言った。

　あいつは他にもいろいろな話をして、いつも皆を楽しませてくれたっけ……全部ではないと思うが、いまから考えてみると本当はどれも、あいつが考えた作り話だったんじゃなかったかと思う。

　その中でも卒業寸前に仲間が集まった、半ばお別れ会を兼ねた飲み会で聞いた、あいつの家の近所にいた子猫の話が印象に残っていた。それだけは、あいつの話の中で際立ったものだった。その話しか覚えていない、といっても過言ではない。だが、所詮それも単なる作り話だったのかも知れないが……だが、あの話だけは妙に真に迫って語っていたのを思い出す……それに、その出来事のお陰で、随分視力が落ちたという証明で突然眼鏡をかけて、周囲を驚かせていたし。

大学を卒業すると、あいつにはまったく会わなくなった。もともと何故あいつなんかと頻繁に飲んでいたのだろうか？　それほど自分は友人など必要としておらず、その上に酒など一度も旨いと感じたことのない人間だったのに……社会人になったと同時に酒など一滴も飲まなくなったのだ。

さらにそれからしばらくして完全にあいつの名前など思い出す機会も必要もなくなった頃、突然あいつの名前をあちこちで見るようになった。書店であいつが書いた本が売られていたのだ。

「すげえな、ついにあいつが本を出したんだ！　俺も負けてられないな、頑張らなきゃ」

早速、一冊買って、自分の励みにすることにした。

買ってすぐに読んだ。ページが少なく、短い文章しか載っていない本だった。それにはこんな物語が書いてあった。


とりわけその冬の日は寒かった。冷たくて強い風が吹いてきて、外ではひっきりなしにピューピューいっていた。その音はベッドの中で懸命に眠りに入ろうとしているのを邪魔した。明日は早く起きなければならないのに……。

やがて風の音はゴー、ゴーという激しいものに変わった。段々と眠りに近づいて意識が朦朧としながら、その音の細部に耳を傾けていると、とてもか細い子猫の鳴き声が聞こえたのだった。

その声はここ最近、よく近所で見かけた子猫のものだ、と思った。

そこまでは何から何まで知っている話だった。大学の頃、あいつの口から直に聞いた例の子猫の話。

だが、さらに読み進めると、それはいつの間にか知らない話のように感じ始めたのだった。

二軒隣に住んでいた一家が、数ヶ月前に急の転勤で引っ越してからは、その家は空き家だった。まだ小学校低学年の少女が、やたら可愛がっていつも牛乳をあげていた子猫の姿も、引っ越してしばらくは辺りで見かけなかったので、てっきり共に連れていかれたと思い込んでいた。その子猫は誰かの飼い猫の産んだのが貰われてきたものではなく野良猫であったので、子供が可愛がるのを両親はあまり快く思っていなかったのかもしれない。

こうして鳴いている声が聞こえてくるということは、誰も牛乳を与えてくれるものがおらず、きっと腹を空かしているに違いなかった。

そう考えると、ますます眠れなくなってしまった。

結局、殆ど寝ずに朝を迎えてしまった。

出かけるついでに、台所から鰹節のパックを一袋持って家を出て、空腹の子猫を探しに、二軒先の家の玄関先を覗いた。

子猫の姿はなかった。

夜、帰宅するときに、再びその空き家の玄関の前を見ても状況は同じだった。

だが自宅の玄関の前に、子猫がいた。

「昨晩の鳴き声はわたしです」とすまなそうに、座っていたのだった。

必死になって鞄の中を探ったけれど、手にしていた鰹節の袋は、すでにどこかにいってしまっていた。慌てて近くのコンビニに駆けて行き、猫の餌の缶詰を買って急いで戻った。缶切りの必要について考えもしなかったが、たまたま無意識に選んだ缶詰が手で簡単に開けられるものであったのでラッキーだった。

まだ子猫は、玄関先にいた。コンビニから戻ってくるのを、ちゃんと待っていてくれたのだ。手が魚臭くなるのを顧みず、直接エサを摑み出し、子猫の口に持っていった。何の警戒心もなく、それを無心に食べる様子を見て、子猫の頭を撫でながら思わず涙が出てきた。

本を読み終えたあとはしばらく、直接話を聞いたときの感じの違いが、まさにプロの作家ゆえなんだなと思っていた。だが、段々と実際に聞いた話が、何となく記憶に甦ってきたと同時に、気分が落ち着かなくなった。

こちらの記憶が違っていたのか？　いや、絶対に、それは本になった内容が変わっていたのである。記憶だけはいつも自信があったから、そんなはずはなかった。

明らかに、それは事実と違った。だが、本のどこにも「ノンフィクション」と謳っていない以上、あいつを誰も責めるわけにはいかないのだ。あくまで創作した物語を本にしただけである。

あのとき聞いた話と、こうして本になって見知らぬ他の人間たちが共有する話と、どちらが真実なのだろうか？　どうしても、それを確かめたくて、まだあいつと付き合いのありそうな奴を見つけ出し、電話してみて連絡先を知った。


「おい、俺だよ」

「ああ、懐かしいなあ、どうしてる？」

「まあ、こっちはボチボチといったところかな……何か、本を出したようじゃないか」

「ああ、知ってたか」

「あれだけ大々的に書店なんかに並んでいれば、誰だって気がつくさ。ところで、ここまでこぎ着けるまで、それなりに苦労があったんじゃないか？」

「まあね。卒業したあと、就職してしばらくして目を悪くしてね。網膜剥離みたいな病気になったりしたけど、優秀な医師のもとに行って、手術ですぐに治ったよ。その記念に大好きなクレーの絵を生で見たくなって、海外旅行に行ったりしたな」

「学生の頃から、お前は特別クレーに思い入れがあったよな」

「やはり本物を前にして立ちすくんでしまって、思わず大粒の涙が出たよ」

「そうか……生きていれば、いろいろあるさ」

「そういう意味では、他の人間と同じだよ……凡庸なことしかないよ。で、急に何の用なんだ？　まさか本出したから金を貸せってんじゃゃないだろうな？」

「べつに金なら困っていないよ」

「じゃあ、何だよ？」

「いや、あの本に書いてあったことなんだけど」

「ああ、あの話か。知ってる話だっただろう。お前ならわざわざ読む必要もなかったんじゃないか」

「いや、楽しく読ませてもらったが……何か昔聞いた話とぜんぜん違うと思ってね」

「そうかな……小説にするにあたって、それなりに脚色はしたかもしれない。だが、あくまでもそれは細部であって、全体じゃない。捏造というほど、変えてはいないつもりなんだが」

「いいや、そうとう違うじゃないか」

「そうかな……覚えていない部分は、創作で補ったところも確かにある。でも、ある程度は忠実なはずだ」

「俺の記憶が違っていたのかな……」

「まあ、自費出版ならともかく、商業出版で成り立つような脚色くらいは無意識の内にしているかもしれない。本を出せるようになるまで、いろいろ親に迷惑かけたからなあ……ウケ狙った感じに、上手くまとめたというところもあるのかも」

「そうか……まあ、どうでもいい用事で、わざわざ電話して悪かったな」

「いいや、久しぶりに話ができて、楽しかったよ。本を買ってくれたお礼に、これから出す本はお前に送ってやるから、住所を教えろよ」

「いや、これからも買うよ」

「そうか、悪いな。でも、今後はちょくちょく会おうな」

「そう、そうしよう」

「じゃあな、また」

「じゃあ」

そう言って、受話器を置いた。

懐かしい友人と、こうして昔話に花を咲かせ、楽しいひとときを過ごしたあとに、見慣れた自分の部屋を見渡した。何もない白い壁に、ポツンと掛けられた鏡が目に入った。そして、それを見ると、いつもの気にかかることが、また湧いてきたのだった。古い友人と久々に会話を交わしたことで再び芽生えた「人と人の絆」みたいなもの……それには何の欺瞞もありはしないのだが、果して鏡の中で左右入れ替わった姿として映る自分もまったく同じように感じているのだろうかと思うと、何故か果てしなく自信がなくなり、不安になる……もしかすると、こうして逆になった姿の自分は、直接映し出されることはないもののその内面は、実は醜い心を持ち、この鏡から覗く一部始終を密かに心底嘲っているのではないか、と。

一度、そのような考えが始まると、もう自分をコントロールできなくなった。鏡に映るすべてのものが忌まわしく、恐ろしいものに思えてくるのだ。

だが、それもこう考えることによって、一時的に解放されるのだった。

「例えば、何か朗読してテープに吹き込み、それを逆回しで再生してみる。そのとき聞こえる音声は、もはやすべての意味を剝奪された単なる音に過ぎなくなるじゃないか。それと同じで、鏡の中の自分も何か邪な思考を持つ存在ではなく、そこにいるのは最初から何も考えておらず、永遠に何も感じることはない、ただ自分の真似をする人間そっくりの間抜けな動物に過ぎないのだ」

鏡には誰の姿も映ってはいなかった。だが、はっきりと、その中のすべてのものを凝視した。鏡の前にあったものが、寸分違わぬ色と形と距離感で、そこにもちゃんと存在していた。一点でも欠けるものはない。

だが、自分はその中にいなかった。

ちゃんと正確な時を、反転した数字によってではあったが指し示していたものの、時計は秒を刻む音を発してはいなかった。

だが、所詮は反転した数字なんかで、いったい何を懸命に意味しようというのだろうか？そもそも、わざわざこの数字が反転した時計を作った人間など、存在しない……時計が完成するまでの一部始終が、鏡の中に映っていたのならば、その時計を作ったのは、実在の時計職人と、顔をはじめとした存在そのものが左右逆で、兄弟のように似ているものの、似て非なる人物である、と主張することも可能であろう。その一部始終を目撃した者など、いない。鏡のこちらの世界では何の役にも立たないその時計は、残念ながらそういった過程を経て、そこに存在しているという保証はどこにもなかった。ひょっとすると、時計職人の手ではなく、大量生産で工場にて、人間不在の中、ベルトコンベアーの上で誰の目にも触れない内に勝手にできあがったものなのかもしれなかった。

最後に、記憶を基に当時、あいつから聞いた話を、自分なりに構成し直してみたので、時間があればぜひ読んでもらいたい。

とりわけその冬の日は寒かった。冷たくて強い風が吹いてきて、外ではひっきりなしにピューピューいっていた。その音はベッドの中で懸命に眠りに入ろうとしているのを邪魔した。明日は早く起きなければならないのに……。

やがて風の音はゴー、ゴーという激しいものに変わった。段々と眠りに近づいて意識が朦朧としながら、その音の細部に耳を傾けていると、とてもか細い子猫の鳴き声が聞こえたのだった。

あいつは直感で、その声は恐らく近所の野良猫だ、と思った。

いつだったか、早朝に出かけたときに二軒隣とその隣の住宅の間の狭い隙間で、小皿に注がれた牛乳をペロペロと舐めるように少しずつ飲んでいる様子を見た。小皿の底に描かれた薔薇の絵が透けて見えたから、牛乳はすでに殆ど飲み尽くされていたようだった……あるいは牛乳を与えた人間がよっぽどケチな奴で、こんな量ならやらない方が親切なんじゃないかとあいつは思った。

そのときは、通りがかりにさっと一瞬目に入った程度で、急いで駅に向かっていたせいもあり、大して何も感じなかったのだが、やがて電車で居眠りしてウトウトしていたら、夢にさっき見た子猫が出てきた。さっきと同じ、二軒隣とその隣の住宅の間の狭い隙間にいた。驚いたことにそれは人の言葉を話し始めたのだ……それが夢だと、冷静な判断ができれば、驚くことはなかったが。

「野良猫じゃないです。れっきとした飼い猫ですよ、ニャー」

猫の話し声という認識が生まれる前に、素人の声優、という感じがした。本当はそのような趣味などないのに無理に女装させられた中年のオカマの悲惨な姿が目に浮かんだ。そして子猫の口元を注意深く見つめていると、それはまったく動いていなかった。誰か人間が子猫の背後で、喋っているようだった。

で、話はそれだけかと思った。

「野良猫じゃないです。れっきとした飼い猫ですよ」と子猫は言ったあと、しばらくは人間の言葉は話さず、本来の猫の声でニャーニャーしか言わなかったからだ。

「何だよ、普通の猫じゃないか」とそろそろ文句を言ってみようとした途端、子猫は再び喋り始めたのだった。

「飼い主は若くもないのに顔じゅうニキビと吹き出物だらけで、目鼻や口よりもそちらの方が目立ってる。まあ、のっぺらぼうに汚いオデキがめいっぱい、という顔なんですよ。そんな顔の持ち主が、どんな考えの人間なんだか、誰もわかりっこないでしょう？ 感情を顔で表そうとしても、皺の間からニキビが少々出たり消えたりする程度で……。しかも、いつからか似合いもしないパーマなんてかけちゃってさ、どういう趣味だかわかんないけど、まあとんでもなく悪い趣味だっていうのだけはわかる……どんな時代に、どんな国にヤツが現れても化け物扱いされるほど、忌み嫌われるに決まってるよ。賭けてもいいね。それに医療機関が見放したほどの酷いアル中だし」

二軒隣とその隣の家のどちらの人間が飼い主なのか……いずれにせよ、どちらとも会ったことがない……いや、そういえばどちらも空き家だったはずだ。建てたものの買い手がつかなかったせいで、最初から人が住んだことのない家。静まり返った空虚な住居。

「キミにあれだけの牛乳しかあげなかったのだから、よっぽどのケチなヤツ？」

そう言ってやると子猫は一度「ニャー」とだけ鳴いた。

またしばらく、何の予告もなく沈黙が続いた。どうやら子猫は話したかったことを、もうすべて話し尽くしたようだった。もう用事は済んだ、と悟った。

悟ったと同時に目が覚めた。ちょうど電車が目的の駅に着いたところだった。

実際に接した（といっても数秒目にしただけに過ぎないが）時間よりも、夢で会った時間の方が長い関係ではあったが、何故かその鳴き声は例の子猫のものであるという、不思議な確信があった。

お腹が空いているのだろう……この寒さが応えているのだろう……強風にさらわれて、とんでもない危険な場所まで飛ばされなければよいが……と、いろいろな思いが、ベッドの上の天井を見つめながら交差していった。

朝になった。風は止んでいたが、気温は昨晩と同じように低かった。

殆ど寝ていない状態のまま、自宅を出た。ついでに二軒隣とその隣の家の前に行ってみたのだが、どちらの家もやはり表札はなく、住人はいないままだ。それらの無人の家の玄関先をくまなく探してみたが、子猫の姿はなかった。夢で語っていたのが正しければ、この二つの家以外の住人が飼い主ということになるだろう……ただし、それは夢の中の話だ。そのまま鵜呑みにするほど、無垢にはなれなかった。

いまは子猫に与えるような食べ物を特に用意していないし、また明日の朝にでも辺りを探してみるかと、その場を立ち去ろうとしたとき、背後を人が通り過ぎるのを感じた。振り返ると、直射日光が視界に入り、背後にいた男の姿が、まるで影のようにボンヤリと意識に立ち現れた。

少々不安定な歩行の人間だった。人というより、ニキビや吹き出物がそのまま服を着たような存在……黒いフレームの眼鏡をかけているのが、目の辺りだけ太陽光線を反射していたのでわかったが、それ以外、顔のパーツはニキビや吹き出物の印象しか与えない。あと、歯並びが異常に悪い。

パーマがかかった黒い髪が、微風によってビヨビヨと揺れる。廃業したスプリング工場に行けば、よく見られる光景だ。

男は駅に向かって行った。自分も駅に行くので、特に尾行する意図はないものの、彼の背後を無言でつけていった。

恐らく出勤のため、駅に向かうのだろうと思っていたが、違っていた。

駅前の書店の店頭に並べられた成人向け雑誌を立ち読みに来ただけなのだ。下品な投稿系写真誌を手にして、ヘラヘラと気味の悪い笑みを浮かべていた男に、勇気を出して話しかけてみた。

「あなた子猫を飼っていますか?」

男は最初、自分に話しかけられているのに気がついていない様子だった。仕方なしにもう一度、声をかけた。

「あなた子猫を飼ってますよね?」

それでも最初は自分などに用事のある人間がこの世界にいるなど、考えてもみなかったとでもいう表情で、訝しげにこちらの方を向いた。

「ええっ……猫って、アレ? もしかして、いっつも四つん這いで生きてるヤツ……」

「そうです。で、その子猫に、あんまりちゃんと餌とかあげてないんじゃないかと思って」

迷惑そうな表情で、男は答えた。

「いいや! オレ、猫なんて飼ったこと昔からねえよ! 何言ってんだよ、馬鹿かオメエはよ!」

それ以上、話しかけたところで無駄なようだった。仕方なしに、その場から数歩離れた場所からの男の後ろ姿を、ただ黙って見つめるしかなかった。

身に覚えのない質問を投げかけた人間が、まだ背後にいることなど、男はまったく気にかけないという様子で、かぶりつくようにまだ同じ成人雑誌を夢中で読んで、ヘラヘラと笑っていた。

成す術もなく、書店から立ち去ろうとした瞬間、男の首に気持ちの悪いできものがあるのを発見した。膿のようなものが、ダラダラと流れていた。

それはいままで想像したことのないような不潔そうな、くすんだ緑色の液体だった。単なる好奇心で、それを近くで見てやろうと思った。視界でそれが大きくなるにつれ、腐った韓国料理のような猛烈な匂いが鼻を刺激した……それが男の首にできた腫れ物から、さらに勢いよく噴き出した。それがあいつの顔にかかって、目に入った。

そのせいで完全に見えなくなるというほどではないが、以前より視力は落ちた。

『待望の短篇は忘却の彼方に』文庫版あとがき

見ず知らずの人々の意識が音声化されて、聞こえてきたら、どんなに愉快なことだろう。脈絡や整合性を無視し、内面に向け、ひたすら垂れ流される無駄な思考。どんなに賢く振る舞っている人間であろうとも、脳内ではどうでもいい、ろくでもない事柄が意識に上り、それが大事かのように、ああでもないこうでもないなどと取り沙汰されているのだろう。

しかし、他人に自分の思考を覗かれるのは、絶対にイヤだ。恥ずかしい。

ならば、いつも何も考えていない人間になりたい。

常に何かを考えなければならない、という義務から解放されたい。どうせ取るに足らないことしか考えていないのだから、他人が見て「こいつの頭は空っぽだ」と思われる人間になりたい。所詮、生ける屍とか、そんな類いと称されてもかまわない。

僕は何も考えない。何も感じない。

夜空の星を見上げ、それが美しいとは思わない。

雲一つない青空を見つめて、その果てしない空虚さに、何の畏れも感じない。公園で遊ぶ子供や子犬などに、「カワイイ！」などと心奪われることもない。目の前で死ぬ人がいても、死人の過去などに思いを馳せない。勿論、自分の死であっても、誰も関心を持たないように願う。

ただ物体があり、空間があり、光がありもしないものの姿を照らすだけ。

そうとでも思わないと、逆にすべてが本気で悲しくなってくるからだ。あまりにも自分の生きている現実は、残酷で無慈悲で、愛などどこにもなく、救いがないから。

文章を書くというのは、ゴミのような戯言たちを、取って付けたような脈絡と整合性で繋ぎあわせただけの、見窄らしいボロ切れだ。そんなものを、大層な旗のように掲げる連中の気が知れない。

恥ずかしい作品ばかりを集めた本の「あとがき」など、以ての外。ここに収録されたものの責任など、いまさら一切取る気はない（といいながら、都合よく著作権だけは主張するが）けれど、こんな無駄な本を買った人には「次は他の作家の本を買ったほうがいい……例えば伊坂幸太郎の本とか」と、アドバイスできる優しさくらいはあってもいいのかもしれない。

二〇一〇年一一月

中原昌也

鳩嫌い

元気だった頃の晴子のことを、典子がボンヤリと天井を見つめながら思い出している。

井上晴子はかなり以前に、すでに亡くなっていたので、彼女の存在を説明するのは時間の無駄だった。彼女について知ろうとするならば、やはり本人に直接会って話をしないと。だが、彼女はすでに世界にいなかった。亡くなった理由を、生前然程親しくなかった典子は知らない。

晴子に会ったとき、彼女の着ていたセーターには、鳩が描かれていた。

「これは鳩じゃないの。フツーの鳥なの」

当時下北沢にあった晴子の雑然とした狭いアパートの居間で、ただじっと、彼女の赤いセーターの上にある鳩を眺めていた典子に言った。

確かにセーターに編む柄など、繊細な鳥類の差異を描けるほどの情報量は望めない。それでもウッドストック風の平和な象徴としての鳩が、セーターの題材には合っているような気がする。少なくとも典子は、そのときフォーク音楽の流れている雰囲気のせいもあって、酔いも後押しして、そういった考えに至った。

「鳩がそんなに嫌いなの？」

典子の問いに、晴子は眉間に皺を寄せただけだった。

そんな他愛もないやり取りの、暫く後に彼女の訃報を耳にした。

僅かな時間に少し触れ合っただけだったが、典子は確実に自分とは違った感覚の中で生きてきた晴子にとって、自分の存在をどのように感じたのか、死んでしまったが故に知りたい気持ちになった。だが、どんなに願おうとも、それは永遠に知り得ない。突き詰めていえば、彼女がまだ生きていたとしても、自分をどのように捉えていたのか正直に語る保証もないし、また心中にあるものを正確に伝える技術が晴子に備わっていたのかどうかも、いまとなってはわからない。


鳩を毛嫌いする人の気持ちは、正直よくわからないが、だからといってそんなに鳩が好きかと誰かに訊かれたら、大して好きではないと典子は咄嗟に答えたに違いない。

何かされた記憶もないから、特に嫌う理由もない。

彼女は視線を感じて、窓の外に目を向けた。

まだ正午前だった。近所に人が行き来する気配は感じない。

ベランダの手すりに鳩が留まっていた。せわしなく頭部を細やかに動かすので、その視線が自分に向けられているという意識は典子にはないが、当然彼女の存在は鳩の意識の中にあるに違いないのはわかった。

鳩の存在に気がついて、すでに五分近くが経過していた。視線を感じたのが、すでにどうでもいいことになっていた。所詮、ただの気のせいであったのだろう。

そして時計でもう五分過ぎたのを確認して、キッチリ十分経った頃合いを見計らって、もう一度ベランダの手すりに目を向けると、すでに鳩は手品みたいにいなくなっていた。外は異様に静か過ぎた。

実際のところ、典子は自分が鳩が嫌いなのか好きなのか、まだよくわからなかった。しかし、鳩を模した可愛い置物なら、何の支障もなく、即居間に置いてもいい……だが、鳩の剝製が、もし近所の日用品店で安価で売られていたら、彼女はどうするだろうか。見て見ぬ振りをして、買わない。あるいは鳩をわざわざ剝製にするような奇特な商売があるのなら、その希少性に敬意を払って、一つくらいなら買ってもいいと考えた。

まだ昼だというのに、まるで夜のような落ち着いた沈黙が、妙に彼女の気分をよくさせた。ベランダに出て外気を肌で感じると、その心地よさは単なる気分でなく、実際に高級な布地で全身を包まれたような感覚が訪れた。

ますます鳩のことは、どうでもよくなっていた。自分が鳩が嫌いか好きかを考えていたのと、先ほどまで手すりに留まっていた鳩の存在に気がついたのと、どちらが先だったのか、いまさら検証したい欲望が一瞬脳裏を過ったが、それもすぐにどうでもよくなって、特に考えるのを忘れた。

外気に向け、肺から吐き出した煙が天に向かって消失していく様子を見たいとさしたる理由もなく思ったが、残念ながら彼女には喫煙の習慣がなかった。

隣のマンションの一階に住む、奥村さんが食卓のテーブルに座って、ただボンヤリとしているのが目に入った。彼の視線はテレビのある位置に向かっていたが、スイッチは入っておらず、画面にボンヤリと映って歪曲した自分の表情を、虚ろに見つめていた。

奥村さんは四十代後半で、独身。多少おっとりした性格ではあるけれど、意外に頭の回転は速く、クイズ番組を観るときは、落ち着き払った態度で常に全問正解するという優秀な一面もあった。

開かれたカーテンから見える彼は、心ここに在らずという、典子にとっていつもとは違うように感じられた。この瞬間にクイズの問題を出されても何も答えられず、それどころか問題の内容すら耳には入らないような状態に思えた。

だが、いつものようにタバコを一本、口に咥えると、すぐに濃い煙をモクモクと吐き出し、それが天井に向かって生き物のように昇っていく様子を、奥村さんは目で追った。

喫煙の習慣のないどころか、分煙されている喫茶店しか利用しない典子でさえも、何故か喫煙者が羨ましく感じた。

鳩がベランダに戻ってきた。さっきと同じ鳩とは別の鳩かもしれないのに、典子は何の疑いもなく、帰ってきたのだと直感で思った。


奥村さんの携帯に電話した。返答がない。

鳩に気を取られているうちに、彼の部屋のカーテンは閉められており、中の様子は一切わからない。

誰かがそこで死んでいるのかもしれない……普段は決して人の安否などに関心がない典子も、今度ばかりは不穏な空気を感じずにはいられなかった。

「急に人が亡くなるのは稀だ。少しずつ魂が煙のように抜けるに従って、感じることが少なくなって、口にする言葉も出てこなくなる。やがて、生きる屍のようなもぬけの殻状態になって、最後は本物の死人になるのだ」

典子は呟く。出来る限り、冷酷な口調を心がけて言えば、それが真実となることを知っているから……それが、誰一人聞く者のいない場所であったとしても。

いそいで典子はソファの上に置いてあるコートを羽織って、何かを断ち切るように部屋を出た。彼女の持っていた上着で、それが一番気に入っていたものであったかは、この際どうでもよかった。強いて言えば、コートとしては地味な部類だった。

「もう二度とこの部屋には、帰ってこないかもしれない」

いつも、玄関を背後にして呟く台詞だった。出来る限り、冷酷な口調を心がけて言えば、それが真実となると思っているから……それが、誰一人聞く者のいない場所であるからこそ、自分の心に響いて、唯一無二の真実になるのだ。

そしてマンションの前でタクシーを拾う。陰気そうな運転手は彼女に見向きもせず、行き先を訊かず、ただ黙ったまま。

後部座席に座った瞬間、外出本来の目的であった奥村さんの部屋を訪ねるのをスッカリ忘れ、まったくの無目的に咄嗟にタクシーに乗ってしまったのに、典子は気づいた。

行き先はわからない……運転手だけが知る、果ての果てに、典子が行き着くべき世界があるはずと思う他、選択肢はない。

やがて、何も告げることなく、車は急にスピードを出して動きだし、知らないどこかへと進み始めたのだった。

河出書房新社
中原昌也の本

『パートタイム・デスライフ』

職場から逃亡した男に次々と襲いかかる正体不明の暴力——。圧倒的スピードで押し寄せる悪夢の洪水に、終わりはあるのか？　中原昌也のマスターピース、ついに登場！
作家デビュー20周年を記念して「中原昌也の世界」を巻末に特別収録。青山真治、小山田圭吾、椹木野衣が異才20年の軌跡と奇蹟を描く。

虐殺ソングブック　remix

2019年3月20日　初版印刷
2019年3月30日　初版発行

著　者　中原昌也、朝吹真理子、OMSB、五所純子、柴崎友香、曽我部恵一、
　　　　高橋源一郎、町田康、三宅唱、やくしまるえつこ、湯浅学
発行者　小野寺優
発行所　株式会社河出書房新社
　　　　〒151-0051
　　　　東京都渋谷区千駄ヶ谷2-32-2
　　　　電話 03-3404-1201（営業）
　　　　　　 03-3404-8611（編集）
　　　　http://www.kawade.co.jp/
組　版　KAWADE DTP WORKS
印刷・製本　三松堂株式会社

Printed in Japan
ISBN978-4-309-02790-6

初出一覧

I　REMIX EDITION
すべて書き下ろし

II　ORIGINAL VERSION
「待望の短篇は忘却の彼方に」
……『待望の短篇は忘却の彼方に』河出文庫、2004年
「独り言は、人間をより孤独にするだけだ」
……『マリ＆フィフィの虐殺ソングブック』河出文庫、2000年
「路傍の墓石」
……『マリ＆フィフィの虐殺ソングブック』河出文庫、2000年
「子猫が読む乱暴者日記」
……『子猫が読む乱暴者日記』河出文庫、2006年
「天真爛漫な女性」
…………『待望の短篇は忘却の彼方に』河出文庫、2004年
「怪力の文芸編集者」
……『ニートピア2010』文藝春秋、2008年
「誰も映っていない」
……『ニートピア2010』文藝春秋、2008年
「『待望の短篇は忘却の彼方に』文庫版あとがき」
……『待望の短篇は忘却の彼方に』河出文庫、2004年
「鳩嫌い」
……『軽率の曖昧な軽さ』河出書房新社、2016年
『中原昌也 作業日誌 2004→2007』boid、2018年

Mixer's biography

朝吹真理子　（あさぶき・まりこ）
1984年生まれ、東京都出身。小説家。2009年「流跡」でデビュー。10年、同作でBunkamuraドゥマゴ文学賞、11年「きことわ」で芥川賞を受賞。著書に『TIMELESS』など。

OMSB　（オーエムエスビー）
1989年生まれ、アメリカ合衆国ニュージャージー州出身。ヒップホップのMC、トラックメーカー、DJ。2007年、QNらとヒップホップ・クルー“SIMI LAB”を結成し、“OMSB'Eats（オムスビーツ）”として活動を始める。主な作品に、『Page 1 : ANATOMY OF INSANE』、『Page 2: MIND OVER MATTER』（ともにSIMI LAB名義）のほか、ソロ作品として『Mr. “All Bad” Jordan』『OMBS』『Think Good』など。

五所純子　（ごしょ・じゅんこ）
1979年生まれ、大分県出身。文筆家。著書に『スカトロジー・フルーツ』、共著に『ゼロ年代の音楽　ビッチフォーク編』など。

柴崎友香　（しばさき・ともか）
1973年生まれ、大阪府出身。小説家。99年「レッド、イエロー、オレンジ、オレンジ、ブルー」でデビュー。2007年『その街の今は』で芸術選奨文部科学大臣新人賞、織田作之助賞大賞、咲くやこの花賞、10年「寝ても覚めても」で野間文芸新人賞、14年「春の庭」で芥川賞を受賞。主な著書に『パノララ』『きょうのできごと、十年後』『かわうそ堀怪談見習い』『千の扉』『公園へ行かないか？火曜日に』『つかのまのこと』など。

曽我部恵一　（そかべ・けいいち）
1971年生まれ、香川県出身。ミュージシャン。94年サニーデイ・サービスのボーカリスト／ギタリストとしてデビュー。2001年よりソロ活動をスタート。精力的なライブ活動と作品リリースのほか、執筆、CM・映画音楽制作、プロデュースワーク、DJなど多岐に活動する。〈ローズ・レコーズ〉主宰。近年の主な作品に『DANCE TO YOU』『Popcorn Ballads』『the CITY』（すべてサニーデイ・サービス名義）のほか、ソロ作品として『ヘブン』『There is no place like Tokyo today!』など。主な著書に『青春狂走曲』（サニーデイ・サービス / 北沢夏音）『曽我部恵一詩集』『虹を見たかい？』『昨日・今日・明日』など。

高橋源一郎　（たかはし・げんいちろう）

1951年生まれ、広島県出身。小説家。81年『さようなら、ギャングたち』で群像新人長篇小説賞優秀作を受賞してデビュー。88年『優雅で感傷的な日本野球』で三島由紀夫賞、2002年『日本文学盛衰史』で伊藤整文学賞、12年『さよならクリストファー・ロビン』で谷崎潤一郎賞を受賞。主な著書に『恋する原発』『銀河鉄道の彼方に』『動物記』『ゆっくりおやすみ、樹の下で』『今夜はひとりぼっちかい？ 日本文学盛衰史 戦後文学篇』など。

町田康　（まちだ・こう）

1962年生まれ、大阪府出身。小説家、ミュージシャン、詩人。96年「くっすん大黒」でデビュー。同作でBunkamuraドゥマゴ文学賞・野間文芸新人賞、2000年「きれぎれ」で芥川賞、01年『土間の四十八滝』で萩原朔太郎賞、02年「権現の踊り子」で川端康成文学賞、05年『告白』で谷崎潤一郎賞、08年『宿屋めぐり』で野間文芸賞を受賞。主な著書に『ギケイキ 千年の流転』『ホサナ』『生の肯定』『湖畔の愛』『ギケイキ 2 奈落への飛翔』『猫のエルは』など。

三宅唱　（みやけ・しょう）

1984年生まれ、北海道出身。映画監督。12年『Playback』で高崎映画祭新進監督グランプリ、日本映画プロフェッショナル大賞新人監督賞、15年『THE COCKPIT』でニッポン・コネクションにてニッポン・ビジョンズ部門審査員賞、18年『きみの鳥はうたえる』でTAMA映画賞最優秀新進監督賞を受賞。監督作に『やくたたず』『密使と番人』『ワイルドツアー』、また「無言日記」シリーズ、インスタレーション「ワールドツアー」（YCAM共同制作）など。

やくしまるえつこ

アーティスト兼プロデューサー、作詞・作曲・編曲家として「相対性理論」など数々のプロジェクトを手がける。自身のバンドの他にも映画音楽からアイドルまで幅広いプロデュースワークや、ドローイング、ペインティング、人工知能と自身の声による歌生成ロボや生体データ、人工衛星を用いた美術作品制作、文筆、朗読など多岐に渡り活躍。バイオテクノロジーを駆使した作品『わたしは人類』でアルスエレクトロニカ・STARTS PRIZEグランプリ受賞。金沢21世紀美術館で展示された『わたしは人類

(ver. 金沢)』は、ポップミュージックで初めて同館がコレクション作品として収蔵した。円城塔は「人力、世界シミュレーター」と、やくしまるに言葉を寄せている。近作に『天声ジングル』「NEO-FUTURE」『Flying Tentacles』「放課後ディストラクション」など。

湯浅学　（ゆあさ・まなぶ）
1957年1月生まれ、神奈川県出身。著述業・音楽評論家。「幻の名盤解放同盟」常務。主な著書に『てなもんやSUN RA伝　音盤でたどるジャズ偉人の歩み』『ボブ・ディラン――ロックの精霊』『大音海』、編著に『洋楽ロック&ポップス・アルバム名鑑（全3冊）』『日本ロック&ポップス・アルバム名鑑（全2冊）』など。

*

河村康輔　（かわむら・こうすけ）
1979年、広島県生まれ。グラフィックデザイナー、アートディレクター、コラージュアーティスト。「ERECT Magazine」アートディレクター。2017年、ブリューゲル「バベルの塔」展にて大友克洋氏と「INSIDE BABEL」を共同制作、同作はボイマンス美術館に収蔵された。作品集に『22Idols』（Winston Smithとの共著）『2ND』『MIX-UP』『LIE』『1q7q LOVE & PEACE』『T//SHI(R)T Graphic Archives』など。

Original Author's biography

中原昌也　（なかはら・まさや）

1970 年生まれ、東京都出身。「暴力温泉芸者」名義で音楽活動の後、「HAIR STYLISTICS」として活動を続ける。2001 年『あらゆる場所に花束が……』で三島由紀夫賞、06 年『名もなき孤児たちの墓』で野間文芸新人賞、08 年『中原昌也 作業日誌 2004 → 2007』で Bunkamura ドゥマゴ文学賞を受賞。他の著書に『マリ＆フィフィの虐殺ソングブック』『子猫が読む乱暴者日記』『キッズの未来派わんぱく宣言』『待望の短篇は忘却の彼方に』『ＫＫＫベストセラー』『ニートピア２０１０』『悲惨すぎる家なき子の死』『こんにちはレモンちゃん』『知的生き方教室』『軽率の曖昧な軽さ』『パートタイム・デスライフ』など。

『中原昌也 作業日誌 2004→2007』(抄)

2003年12月31日

朝、amazonに注文していたフード・ブレインのCD『晩餐』が届く。大変に格好いい。二度目を聴きながら昼寝。夕方に目が覚めて、テレビをつけてやっと今日が12月31日だという実感が沸く。2003年も、やがて終ろうとしている。こういう時に家で独りいるのも、何だか自殺衝動に駆られそうなので新宿のDISK UNIONとTSUTAYAに行く。UNIONではなにやら昔やっていた夜のバーゲンが開催されており、とりあえず6Fで買い逃していたデュビュッフェや売って手元になかったMBの『Aktivitat』やFaustとTony Conradのスペシャル・エディション盤（もう廃盤らしい）などのCD、元ワイヤーのふたりとMUTE社長のユニットDuet Emmoのアルバムや、やはり昔持っていたBoyd Rice『The Black Album』、ラフトレのコンピ『クリア・カット3』(Jackie Mittooなど収録）を買う。TSUTAYAではウド・キア主演の『ブラッドヘル』〔★〕とアンリ・クルーゾーの『囚われの女』〔★〕などを借りる。駅に行くついでにタワレコにも寄り、9FでMoondogの幻のシングル「Honking Geese」のCD版（路上でしか販売されたことのないものらしい）を発見。ジャケなしの地味なケースに突っ込まれた味気ないCDなのに2500円もする。でも仕方なく買う。

ついでに8Fで最近CD化されたMetal Urbain『Les Hommes Morts Sont Dangereux』とDoctor Mix And The Remix『Wall of Noise』も買った。

家に帰って12ch毎年恒例のクラッシックでカウントダウンすることにする。今年は何とベルリオーズの「断頭台への行進」だった！　それが終わると、生まれて初めての初詣に出かけた。何百円も賽銭を投げ、千円もするお札を買う。帰って来て買ったばかりのMBを聴くが、一瞬で止める。新年最初に聴く音楽がMBだというのはちょっとマズイ。音楽は止めて、借りてきたビデオを見る。ウドが作家で、そこにタイピストの色っぽい姉ちゃんが雇われ、タイプの合間にオナニーばっかりしていて、たまに近所の人を殺したりするといういやらしい作品だった。気がつけばこんなどうでもいいのが、新年最初の映画になってしまっていた。まぁ、もうこういうことで縁起担ぐのは止めよう。昔、正月に小津の映画見たからって、その年に特にいいことなかったじゃないか…。

2004年1月1日

起きるとすでに昼。さすがにいきなり仕事する気になれず、1000円均一なので六本木ヒルズに映画を観に行く。一番家に近い映画館なので。まずジム・キャリーの『ブルース・オールマイティ』を観る。使い古された設定を、さしたる工夫もなく作ってしまったという感じ。後半がかなりダレる。次に『ファインディング・ニモ』。最初観た時と、まったく印象変わらず。料金が1000円とはいえ、外に出るといろいろなことに金がか

かる。所持金が6000円を切る。やばい。

1月2日

昼に起き、早速CDをDISK UNIONででも売りさばいて正月を乗り越えようと思ったのだが…激しい底冷えがする。寝る前までは、何ともなかったのに。贅沢してラーメンに死ぬほどニンニク入れて食って治そうとしたのだが、いつもの店が休み。仕方なく天井屋行って薬屋で薬買って帰る。テレビのニュースを見ると、今年は例年に比べ暖かいらしい。なのにここまで寒く感じるのは、よほど酷い風邪みたいだ。そんな余裕、時間的にも経済的にもないのになあ。

1月3日

結局、マグマの1stを聴きながら寝た。昼に起き、身体の調子がいいようなので〈吉野家〉で昼食。食事というと〈吉野家〉しか思いつかない。今年も何回ここに来るのだろうか…。

家に帰って、CRASSの1st『The Feed-ing of The 5000』を聴きながら、また音消してテレビ鑑賞。モーニング娘。の番組がやっているが、特に興味はないので寝転んで天井などを見つめる。CRASSはすぐに終わり、またアレアの今度は3rdを聴き始めると(普段からそんなにユーロ・プログレを愛聴しているわけではないのだが…正月だからそんな気分になるんでしょう)次に歌舞伎界の若い人達(名前知らず)のドキュメンタリーみたいなのが始まって、気がつけばまた寝ていた。

起きれば夕方の4時。意を決して風呂に入り、鬚を剃り、

CDやレコードを処分して金を作るために外に出た。新宿のDISK UNIONへ行くと3人もの知人に会った。CDやレコードを売った金でプログレ館にて売っていたChristian Vanderのソロ『Tristan Et Iseult』の紙ジャケやUn Drame Musical Instantanéの前身であるdefence de（アナログ持ってるが、ジャケにカビ生えてる）のDVD付き2枚組などを買う。そこで井土紀州さんとバッタリ会い、そのまま台湾料理の店へ行った。レコード売って金が入っても、結局、所持金は5千円に。

1月4日

鬱々とした思いに支配されながら音楽制作に没頭していたので、他に何したか全然覚えてない。やけになってカウント5とかシャドウ・オブ・ザ・ナイトを大きめの音量で聴いたりした。そんなことしたって問題は解決しない。

1月5日

また起きたら昼過ぎ。作りかけの曲に向かうが、ヘッドフォンの調子が悪い。ゼンハイザーの結構高いヤツ。何度も修理しているが、またすぐに片方出なくなり、ビリビリ鳴り始める。もういい加減取り替えたい。というかキューンソニーのコンピ用音源の仕事を明日明後日中にあげなきゃならんのでどうしてもヘッドフォンないと困る。しかし金も5000円が全財産だし…。某誌編集者から年末に書いた原稿分の前借りをしてもらう（というか個人的に用立てしてくださった）ことになり、わざわざ駅まできてもらう。本当に申し訳ない。それにしても仕事

するにも金がかかるなんて…儲からない自営は辛い…新年早々痛感する。

その編集者と会った際の対話から、今日明日中にやらなきゃならないことを他にもいろいろ思い出す。特に明日は「広告批評」で高橋源一郎先生と対談というか僕が何故かインタヴューされるという(新しい企画の第一回らしいので、どういう趣旨なのかまだ不明)のがあり、それまでに先生の著作を1冊くらいは読んでおこうと…多分、明日本人に告白することになるのだろうが、実は一度も先生の小説を読んだことがないのであった…いや中学生の頃『さようなら、ギャングたち』を立ち読みしたことくらいはあるが。

そういうのを正直に伝えるべきか否か、大変に困った。

彼を知るとある編集者に以前訊いたところ、「そういうことを気にする人ではないよ」と言われたのだが…。

一応、参考の為に去年出た先生の特集本を入手したので(先の編集者がたまたま間違えて2冊ダブって買ったものを送ってもらった)、それで一夜漬けで何とかするしかない…。そんなことを考えながら新宿へ行ったが、結局いいヘッドフォンが見つからず、UNIONとロスアプソンで少々散財。もう当分レコードなんて買いたくないのに、音楽制作が上手くいかないのと「SPA!」の締め切り(あと「relax」があったかも)に追われるプレッシャーからつい…。

1月6日

珍しく割と朝に起きて、メルビンズなどを聴く。でも本当は

時間がないのに突然気づいてしまい、慌てて家を出る。昨日の日記に書いたように今日は高橋源一郎先生の家に対談でお伺いする日なので、一応その前に床屋に行っておこうと。

近所に出来た千円ポッキリの床屋で切ってもらうことにした。髪切ってるオッサンは白衣など着ておらず、いきなり馬券場に行くようなラフなジャンパー姿である。髭も剃らず、髪も洗わない。とりあえずカットの方は、そこそこの仕上がり。千円ならこんな感じだろう。特に安いわけではない適性価格。

12時半には「広告批評」の島森さんらと、品川の横須賀線ホームで落ち合う。

鎌倉駅からタクシーで高橋邸へ。やっぱりいい人だった。だからますます「実は著作を何も読んでません」とは言えなくなる。そんな勉強不足な奴だから、小説なんて書く資格なんて最初からない。対談でも「自分は小説の仕事には向いていないのだ」という表明に終止せざるを得なかったのだった。で、結局はそもそも小説などというものに、浅はかな自分が手を染めたこと自体が酷い間違いであったという結論に。

そんなどうでもいいつまらないことはともかく、高橋先生のお宅は本当にいい感じ。可愛いウサちゃんもいたし、書斎もいかにも作家の書斎って雰囲気がムンムンしてたし。凄くくつろいでしまって、思わず帰りの電車で爆発的に眠くなる。何度も車内でうとうと状態になったが、知らないうちに島森さんの肩枕を借りてしまっていないのを祈るばかりだ。

1月11日

昼過ぎに起きて、昨日渋谷のTSUTAYAで借りてきたビデオを観てるうちに時間が過ぎてしまう。

友人が8トラックのマルチをくれるというので夜、別の友人の車で取りに行く。その家は音楽機材だけでなく、動物やぬいぐるみが沢山いて楽しかった。

1月13日

11時くらいにamazonからの配達で目を覚ます。朝7時まで阿部和重さんと速攻レス合戦を、久々にやっていたので眠い。amazonから来たのはKHANATE(なんて読むのか?)の新譜とEARTHの2ndである。これらがリリースされているのは、amazonを見ていたから知りえた情報である。KHANATEの方をまず聴きながら再び布団の中へ。なんか、凄まじい。相変わらずヴォーカルが狂暴で感動する。ぜひ来日して欲しいものだが、こういう音が好きな人がどれだけ世の中にいるのだろうか…。

こうしてまたamazonから荷物が届いたので、金欠になった。さしたる理由もなく急に『マッシュ』のテーマ曲が聴きたくなってDVDの冒頭を繰り返し再生してセンチな気分になったり(危うくもう少しでまた、amazonにサントラを注文してしまうところだった)しながら2時間ほど考えた挙げ句、またUNIONに何か売りに行くことに。今年でもう三度目になる…生涯のうち、あと何回ここにCDやレコードを売りに来ることになるのだろうか。そんなことしなくて済む、安定した暮らし

なんて今後あり得るのだろうか…などとボンヤリ考えながら新宿のUNIONに向かう電車の中で、「お父さんが9時までに帰ってくれば、晩飯にありつけるチャンスです」と大きな声で独り言を言う人に遭遇する。「もう生活なんてままならない。もう弁当は食わせてもらえない」などいう件が、特に身に沁みた。

UNIONに到着すると、ネクロフェイジアというバンドでキーボードを担当している川嶋さんがいた。彼ならKHANATEの読み方がわかるに違いないと思い「あの、KH何とかいうバンドの2nd聴いたんですけど、あのバンド名って何て読むんですか？」と尋ねてみたら、しばらくは相手も何のことやらという様子であったが急に「ああ、それはカネイトのことでしょ」とすぐに答えてくれたのだった。彼のバンドはそのカネイトと、ヨーロッパを去年ツアーしていたらしい。

その川嶋さんと今度何かやろうという話を、喫茶店でして別れた。

1月16日

珍しく昼1時の試写に行く。というか、こんなに早い時間に出かけるのは久々。今日観るのはリチャード・リンクレイターの『スクール・オブ・ロック』。リンクレイターの監督した映画は2本しか観ていないが、これは何だか面白そうという予感がする。

だが会場のヤマハホールに着くと、試写は1時からではなく2時からだと宣伝の人に言われ、さらに「きっと今日はいいことありますよ」と何の根拠もないことも言われたのでビックリ

する。朝にチェックした占いでは、そんなにいいこと書いてなかった。しかも異常に腹の調子が悪い。

仕方なく近くの書店でヒマを潰す。仲根かすみの写真集の表紙（中身は見てない）などを凝視したり。

時間が来たので、試写会場に戻るとすでに開場しているが、人はあまりいない。でも何だかこれから観る作品が傑作の予感がヒシヒシとする。

映画が終わったころには、笑い過ぎたのと泣きまくったせいでボロ雑巾のような気分になった。いやぁ、本当にすごい…。少しでもロックが好きになったことがあるのなら、爆笑せずには、夢中にならずにはおれない傑作だと思った。何よりまったく押し付けがましくない軽さと、下品になりそうな題材を上にも下にも媚びずに描き切ったリンクレイターの誠実な演出がいい。ジャック・ブラック演じる主人公が十分にマンガ的なのに、最近の日本映画みたいなマンガ感覚は皆無なのが本当に嬉しくなってくる。ひた向きにロックそのものが純粋に描かれていながら、薄めることなく家族揃って楽しめる通俗性さえ持っている。色々な角度から見ても褒め言葉しか出てこない…。やはり冷静に考えれば、主人公のどう見ても利己主義的な行動が無理なく善行に転化することに成功したシナリオと、憎めないキャラクター造形のお陰なんだろう。

先の宣伝の人が言ってた「いいこと」とはきっと単にこの映画が観れたことだけで十分だ、と思った。

夜中は新宿 LOFT で DJ。受けが悪く、人気のなさを、ダイレクトに感じた。

1月20日

だらだら寝ていたら、もう5時になっていて、本当に金がないと何もしない人間であるのが自分でもよくわかった。こういう時は本当に無理に仕事しようとしても、面白いほどにはかどらない。普段、睡眠が嫌いな自分でもむやみに寝る。でも、さすがに24時間寝るのは無理なので、適当に何度か目が覚めた。そんな気分の時だから『女囚ファイル・獣人地獄！ナチ女収容所』［★］という、いかにもくだらなそうなイタリア映画のDVDを見てみる。本当にくだらなかった。

1月22日

ようやく入金を確認するが、いろいろな支払いで残金は数千円に。さっそくヘコむ。

1月26日

今日もまた『スクール・オブ・ロック』の試写に行ってしまった。もう三度目…。ナチュラル・カラミティの森さんとふたりで行ったのだが、ムードマンの勤め先が近いのを思い出して携帯で誘ってみたらすぐに来た。試写室に入ってしばらくすると、土屋恵介氏と吉田豪氏という誰よりも観て欲しかった二大巨頭がやって来て、試写終了後その偶然でしかありえないメンツで飲みに行く。皆、映画には感動したようだ。僕もやはり今回もよく笑い、また泣いた。しかし実は「映画秘宝」の対談が今日あったのを忘れていたのを思い出したが、やむを得ずスッ

ポかす。

帰ってから、あまりにも『スクール・オブ・ロック』が、変わることなく感動的であったので、逆にイヤな気分の映画が観たくなり、以前サンプルで貰ったハネケの『ファニーゲーム』[★] をいまさら観る。あらゆる意味で酷いと思う。

1月30日

何かここ最近、家の物に触るとすぐに静電気でバリッとくる。過剰なタコ足配線のせいで放電したりしてるのだろうか？　単に乾燥しているからなのか？　朝方に「The Devil's Kiss」というストロング金剛みたいな大男の死体が科学者に蘇生されて、古城でオッサンやネグリジェ姿の女の首を絞めて殺すだけの陰気な映画を見た。冒頭のダンスパーティや無意味な着替え、必要のない小人の存在以外全体的に地味過ぎだった。

昼過ぎて口座を調べるが1円の入金もない。キューンから月末入るはずだったのに、おそらく来月に回されたのだろう…やはりまたCDやら音楽機材を売りに行かねばならないことになった…そう思うと物凄い疲れに襲われ、また寝る。次に起きると6時。「入らないなら入らないで連絡してもらわないと困るのですが」と留守電を入れるが返答なし。夜は仕事で出かけるので、どうしても金を作らねばならない。仕方なくCDを売りに行く。こういうことで落ち込んでいるときに限って「新聞広告に名前使わせて欲しいのですが…ギャラなしで」という依頼が来る。心情的には別に名前借すくらい、タダでも構わないと思うのだが、それを見た一般人に「あいつ細かい仕事やって金

儲けてるな」と思われるのかと思うと非常に腹立たしい。しかも映画業界は今年が史上最高の収益だというニュースを今朝見たばかり（といっても『踊る大捜査線』とか『ハリー・ポッター』とかの僕には関係ないのばっかりなのだが）なので余計に「何だかなあ」という気持ちになる。ちなみにそういう依頼をしてきたのは割とメジャーな会社だったので、なおさらだ。

金をつくった後は一応、仕事で六本木にオランダのBUNKER関係のイヴェントに行った。朝、数人と居酒屋へ行き、帰りに泥酔した友人が突然急性アルコール中毒の人を介護している救急隊員の中に突っ立って会話している様の突飛さにビックリして、思わず携帯でその友人を撮影したら、そこへ黒服の集団が現れて因縁付けられ、蹴りや頭突きなどの暴行を加えられる。手がちょっと腫れるくらいで済んだが、あまりに酷い…断じて急性アルコール中毒の人を撮ったのではないのに（別にそんなもの撮っても面白くとも何ともない…そもそも自己管理できずに飲み過ぎる人間にだって問題はある）、そういうことは全く通じない、ただ暴力振るいたいだけのゴリラ人間共が正義ぶっているのに吐き気がするし、物凄く落ち込んだ。その時は何故か凄く冷静だったので適当に謝って最悪の事態を免れたのだが（なんでそいつらに謝らなきゃならないのか？）後で段々と腹が立ってくる。人生でもベスト10に入る最悪な出来事だった。大して痛くなかった、だとか顔面は殴られてないとか、出血してないとか、頭突きと髪引っ張られたのと腿蹴られたくらいだとかいうささやかな事実で自分を慰めるしかない…こんな時に機材売ったりして金を作ったりしなければなら

ないのは、本当に辛い。

2月5日

東品川のイマジカで打ち合わせ。着いたら浅野忠信さんが初監督作の編集中で、たまたまお昼だったので僕は関係ないにもかかわらず、うな重をご馳走になった。すいません。

一瞬だが、その作品の音楽担当であるサイレント・ポエッツの下田さんと初対面した。昔、サイレント・ポシェットというポシェットになっているジャケット入りのアルバムを作ろうとした（予算の関係で断念…いや、ラスト・ポシェットでも良かったんだけど）ことを伝えられなかったのが残念。何せ2、3分しか話していないので仕方ない。いい人だったので、多分怒らないと思うのだけれど。また朝方に、先日他界したフェルナンド・ディ・レオ監督の「SLAUGHTER HOTEL」（＊邦題『スローター・ホテル』）を観る。

2月12日

とりあえず最近ではよく寝れた方だが、寝不足感は否めない。やっぱりいくら寝ようとしても無理。

何だか人のせいにしてるみたいな気がするので、こんなこと書くのも問題あると思うが、実際のところここ最近の身の回りのよくない出来事はすべてこの日記をつけることに端を発しているように思えてきた。文筆という細部にわたって自分を見つめ直す作業が、自分がどうすることもできない最低最悪の部分さえ（って言っても自分はそれのみで構成されている人間なん

だろうけど）もついでに凝視することを求めてくるからだ。はっきり言えば何事より（多くの無能で強欲な人間たちにこの国の権力が掌握されている絶望的な現実よりも）諸悪の根源はこの自分にしかないのだ、という結論について以外に何もいうべきこと、特筆に値することはないからなのである。

そのゆるぎない事実を人々に広く伝え、「あんな奴みたいにはなりたくねぇ」「あいつにくらべりゃ自分はマシだ」みたいなことで読者に利用してもらっていることだけで、この日記の存在価値があると信じて頑張っていくしかない。というか、それを文章にして生活の糧にするより他に生きる術がないから仕方ないのだから。

でもやっぱり、これは出来ることならば誰にも読まれないことが望ましい。そうすれば、さっさとこの連載は終わり、こんな悪夢のような自己嫌悪からもある程度解放される気がする…少なくとも、自分の思考の中だけにとどまっていたものがこうして文字化して、さらには活字になって誰もが知るゆるぎない真実となって認知されるのを阻止できるはずである。

だからもっとつまらないことを書かねばなるまい。退屈どころか、もっともっと不愉快な記述に満ちた日記を書かねば。いまのままではまだまだ甘いと言われても仕方がない。それには自分がより一層、不快な思いに取り憑かれる必要がある。

これは自己を解放するための闘いなのだ。

2月16日

今日も何の予定もない一日。執拗に深く眠る努力をし、午前

10時前から午後1時半まで寝るのに成功。しかし、これだけではまだまだ意識は朦朧とし、精神状態は不安定だ。

とりあえず「文藝」用の小説の執筆に挑戦してみる。小説に限らず文筆活動そのものは本当に自分の内的に何ももたらすことはないが、苦しみを乗り越えて書くことを習慣化させればもう少し生活は楽になるだろうと考えて頑張るしか、いまの自分にはまっとうに生きる術がない。しかし、こうして文筆が不眠症の原因となっている現状で果たして続けるのが良いことなのか疑問であるのも確かだ。

文筆作業ははかどらず、精神的にも苦しい。深夜、思うところあって突然『カリフォルニア・ドールス』［★］が久しぶりに見たくなって、かつてエア・チェックしたものを引っ張り出す。勿論、当然のように大感動。もう何度か観てるのに、笑いまくって涙が出まくった。ピーター・フォークの素晴らしさは当然として、ヴィッキー・フレデリックとローレン・ランドンの勇ましく可愛いこと。まさしくこれは僕が愛してやまない「強さと健気さを兼ねそなえた女性像」である。勿論、バート・ヤングもいいに決まってる。

こんなにシンプルで何も特別なことしているわけじゃないのに、これほどまでに興奮させるのか…というか、いまそこいらで観れる映画（だけでなくTVドラマも）はいったい何なんだ、と怒りさえ感じる。ただ単純に世の中の諸悪の根源がわかった。それはアルドリッチの新作が、もう作られることがないからなんだ…あまりにも反骨精神のないふにゃけた奴（自分も含む）ばかりなのも、つまらない映画ばかりが幅を利かすのも。最近

の自分はすっかり彼の作品のことを忘れていたような気がした（だから調子悪いのか？）が、やはり何度でも観なければならないと強く感じた。それで調子に乗って『北国の帝王』［★］も久々に再見。当然、最高に決まってるでしょう！　ここ数週間で（独りの時間では）最高のひととき。唯一、不眠症になってよかったのはやっぱりこうしてついつい見直す機会をなかなか作れなかった名作を、じっくり再確認できたことだ。

註

本作で言及される映画のうち、2008年3月に単行本が刊行された時点で日本版が発売されていない、または廃盤や在庫僅少のため入手困難な作品について［★］印を付した。